文芸社セレクション

虚像のカリスマ

東条 駿介

TOJO Shunsuke

文芸社

『虚像の巨匠』に続く第2弾

騙し取られたお金を取り戻すため奔走するトレーダーの邦夫と夜の街に復活をかける貴子。

お金に翻弄される姿から自答する。

「お金が全てなのか」

「騙される奴が悪いのか」

「自分は何をすべきか」

今一度考えてみたい。

目次

本書においても、専門用語が多いことからワンポイントで補足説明を掲載しております。

インフラファンド

太陽光発電設備などのインフラ施設に投資を行うファンド。
利回りが高く定期的に分配金が支払われることから投資家に人気がある。

IPO

Initial（最初の）Public（公開の）Offering（売り物）」の略で、未上場企業が、新規に株式を証券取引所に上場し、投資家に株式を取得させること。
企業にとっては上場することにより、資金調達することが可能となり、知名度が上がり、社会的な信用を高めることができるといったメリットがある。

お茶を挽く

客がつかず暇なことを言う。

振替

指名した女の子とは別の女の子を付けられること。

アドトラック

トラックの荷台に大型の看板を設置し、人通りの多い繁華街を走行することで通行人など多くの人の目に触れさせ宣伝活動をするトラック。

色恋

疑似恋愛で相手に好意をもたせること。

パパ活

男女が体の関係を持たずに食事やデートの対価として、男性が女性に報酬を払う関係。

コンカフェ

「コンセプトカフェ」を略したもので、「特定のテーマを取り入れて全面に押し出すことで、他のカフェとの差別化が図られたカフェ。メイドカフェもコンカフェの一種。

アルマンド

高級シャンパンで有名なアルマン・ド・ブリニャック。

ソウメイ
２０１７年にフランス・シャンパーニュ地方で生まれた最高品質でハイクオリティなシャンパン。

スプレッド
ＦＸ投資で通貨ペアを売買するときの用語。
買う時の価格と売る時の価格の違い。

裏引き
お店を通さずお客さんと会い、お金を受け取ること。

ＣＡ
航空機の中で乗客に食事や飲み物をサービスしたり、急病などのトラブルに対処したりする職業。客室乗務員（キャビンアテンダント）。

夜職
キャバクラやホストクラブのように客に対して酌を行う仕事から、性産業に至るまでの風俗業。

億トレ
投資によって資産1億円を築いた投資家。

パワーワード
人にインパクトを与える強い言葉。

与信
金融機関が「いくら貸してくれるのか」を示す指標。
不動産投資では、多くの場合自己資金だけだとお金が足りないため、金融機関でローンを組んで物件を購入する。

パワープレイ
お金の力や肉体的にモノを言わせて目的を実現させる行為。

ヴーヴ
心地よい爽やかさと際立ったフルーティ感で、多くの人に愛される最もポピュラーなシャンパン。

ベルエポック
エミール・ガレによるアネモネを纏ったボトルが印象的なフランスの高級シャンパン。

NS
「ノースキン」の略でサービス時にコンドームを使用しないこと。

稟議
銀行での融資（借入れ）において、担当者がその内容を説明する書類を作成し、関係各所へ回覧して上位関係者の承認を受けること。

約款
事業者（会社）が、顧客や出資者などに同じ契約をする際に用いる、定型的な契約条項。

メンバー出勤
出勤日でない日に指名客に合わせ出勤すること。

アルマンドゴールド
アルマン・ド・ブリニャック・ブリュット・ゴールドは、３つの異なるヴィンテージをブレンドすることで、強烈な個性を生み出し、ボトルの色がゴールドのシャンパン。

ドンペリ

フランスの有名シャンパン製造会社「モエ・エ・シャンドン」で造られている最高級のシャンパンの名前。

アルマンドブラック

黒色のボトルが特徴的なアルマン・ド・ブリニャック ブラン・ド・ノワール。
非常に希少なシャンパンで２０１５年の登場から発売されたのは２０１９年の１回だけの限定販売で、日本では１２０本だけしか流通していない。

増配

配当金を増やすこと。

インサイダー取引

上場会社の関係者等が、その職務や地位により知り得た、投資者の投資判断に重大な影響を与える未公表の会社情報を利用して、自社株等を売買することで、自己の利益を図ろうとするもの。

ストップ高

株式投資において、株価が前日の終値に対して値幅制限いっぱいまで株価が上がること。ポジションを持っていれば大きい利益となる。

東証適時開示

有価証券の投資判断に重要な影響を与える会社の業務、運営または業績等に関する情報を「有価証券上場規程」に定める適時開示に係る規則に従い公表すること。

TOB

Take-Over Bidの略で「株式公開買付」を指す。買付け期間・価格・株式数を新聞などで公告した上で、売主の株式を証券取引所を通さずに大量に買い付けること。

出来高

証券取引所で株券などが売買された数量。

信用取引

顧客が委託保証金を証券会社に担保として預託し、資金又は証券を借りて売買を行う取引。委託保証金の約3倍までの売買ができる。

アフター
キャバクラの営業後にお客さんとキャバ嬢さんが一緒にお店以外の場所に出かけること。

ヤリモク
ヤリ（やる・一夜を共にする）モク（目的）という意味で、一夜を共にすることを目的とした男性のこと。

ファンド
投資家から広くお金を集めて運用する商品。

大量保有報告書
上場している株などで、発行済み株式数の5％超を保有することになった株主が5日以内に提出しなければいけない書類。
「5％ルール」とも呼ばれ、その株主の名前や保有目的、保有株式数や保有比率などが掲載されている。

自社株買い
企業が自らの資金を使って発行した株を買い戻すこと。

売り抜け
相場が下がる前に保有している株や商品などをタイミング良く売却すること。

ストップ安
株式投資において、株価が前日の終値に対して値幅制限いっぱいまで株価が下がること。ポジションを持っていれば大きい損失となる（空売りの場合は大きい利益となる）。

仕手株
巨額の投資資金を用いて意図的に株価を操作された株。安い株価が数日のうちに2倍、3倍、それ以上に急騰することもある反面、急激に価格が下落し大きな損失を抱えてしまうリスクがある。

スキーム
計画・案・枠組み。

押し目買い
押し目《おめ》。上げ相場が一時的に下がること。その動きを「押す」または「下押す」といい、その下がったところを買うこと。

大人買い
おもちゃ付きの菓子などの子供向けの商品を、大人が一度に大量に買うこと。本書の場合、株式になる。

アルマンドシルバー
プラチナ色が特徴的なアルマン・ド・ブリニャック ブラン・ド・ブラ。高級シャンパンアルマンドの種類の中で最初の単一ブドウ品種のシャンパン。

イナゴ投資家
短期で材料株の回転売買を繰り返す個人投資家のこと。リアルタイムの情報を得た個人投資家が、一斉に取引に参加することで、特定銘柄の株価が急騰・急落を引き起こす。

追証
信用取引の損失で委託保証金を追加で差し入れなければならない状態。追証が払えなくなると、最終的には給料などが差し押さえられたり、自己破産などの債務整理をすることになったりする可能性がある。

オリスパ（オリーブスパ）
バリ島の世界観を作り込んだマッサージ屋。東京、神奈川、愛知、京都、大阪、福岡で展開している。全てトリートメントルームは個室で、個室内にシャワーブース完備。女子会でもデートでも使えるペアルームやペントハウスもある。

週足
株価などの値動きを示すローソク足チャートのうち、1本のローソク足が1週間単位で示されているもの。

動意
株式の市場用語で、相場が堅調に推移している状態のときに使われる。保《も》ち合《あ》いを続けていた相場が、少しずつ動きはじめている状態のこと指す。

提灯買い
有力な投資家の売買をまねて、同じ銘柄を売り買いすること。

テンバガー
株価が10倍になった銘柄、なりそうな銘柄のこと。

オーバーシュート
相場や有価証券の価格の行き過ぎた変動のこと。

ラスソン
その日の売上№1ホストが閉店前に歌う、本日のラストソングを略して「ラスソン」という。ホストにとってはとても名誉なことであり、ナンバー入りを目指す新人たちの目標。

タンカレーナンバーテン
厳選されたボタニカルと生のフルーツが醸し出すジン。タンカレーの上級品。

ギムレット
ジンとライムジュースからできているシンプルな透明感のあるカクテル。

タンカレーバック
タンカレー（ジン）をベースに、ジンジャーエールとライム果汁を加えたカクテル。

回春マッサージ
「男性機能の増強・回復」を目的としたマッサージ。

プロローグ　貴子

通帳の預金残高を見ると溜息とともに物凄い不安感に襲われる。

『お金が増えない』

『減っていくばかり』

『今更、私に昼職なんかできるわけがない』

『時給1500円で朝から夜まで働いて1万円がやっとじゃない』

『家賃の足しにもなりやしない』

『もう自分の商品価値が無いのか』

『これが老いということなのか』

次から次に心の声が聞こえる。

「稼げるときに稼いで引退やら経済的自由を得られる相手を妥協してでも一緒にならならないとあっという間に40歳になるわよ」

「このご時世、40歳の女性の価値やら値段がわかる？」

というような台詞をたくさんの夜の女性から指摘を受けてきたが、

「所詮、負け犬よ」

「私がお金をかけて維持をしているこの美貌があれば、40歳になっても問題ないわ」

強がっていたが、厳しい現実に突き上げられた。

たしかに貴子を指名して会いに来る男性はいた。

しかしながら、明らかに、以前と比べ、お金を落とす金額や来店回数は激減していた。

1日に3人くらいの相手は当たり前であったが、実際には1人、ひどい時には不覚にもお茶を挽く日も出てきて、自宅待機で指名が入れば出勤という屈辱的な扱いを受ける日も月に数日はあった。

「店長、どうして私にはフリーの指名がつかないのですか。私の取り分は4割でもいいし、振替でもお店に迷惑かけることなく対処できるからお願いします」

なりふり構わず、貴子は訴える。

「貴子さんのことは大変、評価をしています。しかし、常連さんも離れていることはご存じですよね」

店長の返答に貴子は黙って聞いている。

「うちの店もやはり売上重視です。ライバル店も多いし。

当然の事ながら、飽きられないように新人を入店させています」

「それはわかっていますが、スカウトに力を入れなくても今のキャスト陣でも十分な人数いるじゃない」

貴子は言い返すと、

「はい。貴子さんの言うとおり、スカウトはしておりません。その分、アドトラックやティッシュでグループ会社の宣伝にお金をかけています」

「じゃあ、なぜ、次から次へと新人が来るの？」

「全てはコロナですよ」

「えっ！　どういうこと？」

「今まで、それぞれの世界で稼いでいた、いや稼げていたキャストがコロナ渦になって、稼げず、こちらの世界に落ちてきたんですよ。

　例えば、キャバクラであれば、高級取りのサラリーマンの接待交際費がなくなり、客層は親の遺産やワンマン社長、あるいはいかれた投資家やホストを除けば、半数以上は何かしらの犯罪者です。貴子さんも以前はそちらの世界にいたからわかっているでしょう。

　オレオレ詐欺であったり、会社のお金を使い込む人、たくさん見てきたでしょう。羽振りよかったのに、急に来なくなり、その後、マスコミを賑わす人が何人もいたじゃないですか」

　店長が淡々と言うと貴子も言う。

「だからどういうことなのよ」

「ここまで言ってもわからないですか？

　つまり、そこで働いていた人気嬢がこの世界にある意味、都落ちして稼ぎに来ているんですよ。彼女たちにすれば、最低でも月に１００万円を稼いでいたのに10万円しか稼げなかったら、生活できないですよね。当然、貯金なんてしている子はほとんどいません。出勤だけ削られなければ、自分に会いに客が来るから、稼ぎに問題はないわけですから。だから、風俗の世界に来て必死になりますし、外見というかビジュアルは問題ありませんので人気が出るのはまちがいはありません。

何せ、客は、キャバクラと違い、色恋やらトークだけで終わることはないんですから。また、その流れは、キャバクラから参入する方だけではありません。パパ活をやっている子も一緒です。

コロナでパパ活がすっかりなくなり、ホストやメンズコンカフェにお金を落とすために手っ取り早く稼げるこの世界に続々と入店してきます。若いし、学生も多いし、何せ、パパ活で体を売ることに抵抗がないことから人気が出ます。

だから、この店もおかげさまで人気店ですし、キャストの魅力もあり、コロナ渦でもこの繁盛になっています」

貴子は黙るしかなかった。

客の優先順位からすれば、いくらそれなりのスタイルをキープしていると言っても、店長の言う布陣やらラインアップと比べれば、自分への指名が落ちるのは明白であった。

「どうすればいいんだろう。とりあえず今の生活を維持する為には、この収入では限界があるからお金を借りよう」

結論に至るには時間はかからなかった。

しかしながら、夜の世界に限らず、入口の気軽さから、何のリスクも考えないで、低金利のカードローンに手を出し、気付いた時には、借金地獄になり、激しい取り立てが行われ、夜逃げや消息不明になった人を多々見ている貴子にとっては、消費者金融からは少額であっても借りることに踏み出さなかったことは賢い判断であった。

何せ、借金やローンは、お金を借りることにより、手元が潤うことの喜びや安心感が圧倒的に勝り、自分のお金でなく、借りたお金であって返すということを忘れさせてしまう劇薬でもある。

「だから、お金を安全に完璧に借りるにはアレしかないな」

アレとは、貴子の今までの人脈を活かして昔からの客にお金の工面をお願いするだけである。

ただ、この行動においても、細心の注意が必要であった。

要は、1人の客から多額のお金を無心やら借りないということである。

貴子の経験則として、それほど高給取りでもないサラリーマンが深みにはまり、連日、お店に通い、時には羽振りよくアルマンドやソウメイを開け、お気に入りのキャストの売上に貢献したまではよかったが、お金の捻出にあたり、会社のお金を横領するといった犯罪や自らカードローンをしまくり、借金まみれになって、挙句の果てには、キャストが、お金が切れた時が縁の切れ目とばかりに水商売の常識をぶつけ、疎遠にしたことから、物騒な事件が起こったからである。

「決して一人から多額のお金を引っ張ってはいけない」

「男にとって、借り逃げされても影響が少ない金額にする」

というのが貴子の結論でもあった。

結局はお金の問題になるのだから、やはり短期に高額のお金を要求することは先々を考えれば踏み倒すことから危険である。

このようなお金のトラブルで、命を落とす事件になったことは多々あり、未だに、同様な事件が後を絶たない事実を貴子はよく知っていた。

「今、お金がピンチというか、稼げないの。数万円でいいので、貸して貰えない？」

「ちょっと、ご相談があって、飲みながらでもいいので時間をつくれない」

このような台詞はお手のもので、今まで出会った安全やら安心と思われる客には片っ端から声をかけた。

確実にお金を支払ってもらえるようにするには、数万円というところが一番のキーワードになる。

いくらまでのお金を要求できるかは自問自答をすれば正解はわかる。

もし1万円とか2万円なら戻ってこなくても、少なからずお財布に余裕がある客、もしくは貴子と大人の関係になった客であれば、後ろめたさからも、バックレられても、お金の返済を執拗に要求することはないということも貴子はよくわかっていた。

「久しぶりだね。元気だった？　呼び出しちゃってごめんね」

貴子は、会心の笑顔で話しかける。

客の好みに応じた服装にも抜かりはない。

大人の恰好から年齢的には痛々しいが清楚系からロリっぽい風貌まで変幻自在であった。

ほとんどの客が会う口実は貴子の身体が目当てのこともわかっていることから、基本的にはチラリズムと合わせ、露出の頻度もあげている。

「特別なあなたにしか言えなくて。できる範囲で貸してもらえれば助かる。担保は私の身体しかないけど」

ストレートに目を見つめて言う。

「そうか、自分には5万円ぐらいが限界かな」

相手が答えれば、

「うん。わかった。それでも十分に助かる。本当に感謝している。やはり、私はあなたしか頼りにできない」

と言いながら、心の中ではほくそ笑む。

後は、この後の誘いを体よく断るだけであった。

「この後、ネイルを予約してしまったの」

「親が上京してきてこの後、会わなくてはいけないの」

それでもしつこい客には、

「生理だけどいいの？」

なる。

「実は微熱があるんで」

という文句まで吐けば間違いなく、客はしつこく誘って来ることはなく、撤退モードとなる。

後に踏み倒すこととなる借金だけさせて、対価となる体はお預けという行動が貴子のシナリオであった。

単に体を預けてしまったら、まったくお店での対応や裏引きと変わらないし、まだまだ自分の売り時はとっておき、駆け引きとして、焦らすことは重要である。

何せ、バックレた後に、しつこい客から、面倒な展開になったときの最後の担保を取っておくためにも、ここで自身を売ることは避けておくのが賢明であった。

もちろん、自分の容姿の劣化、いや若いキャストには敵わないことはわかっているからこそ、少しでも焦らすというか、体を預けるのは最後にしないと、冷めるやら飽きられるのは明白であると確信していた。

しかし、男というか客達は、久しぶりの連絡ということもあるかもしれないが、馬鹿な期待や妄想を持って、会って面白いようにお金を貸してくれる。

このあたりは、やはり、冷静に考えれば、たかが2～3万、多くても5万円という金額設定が功を奏しているのだろう。

「返してくれるかな？」

「まあ、それくらいだったら請求はしないよ」

「1回やれれば損はしないか」

という男達の考えがあってのことだが、まさしく、そこは貴子の狙いどおりになる。

気付いてみれば、過去に働いたヘルスやキャバクラで知り合った客から、お金に余裕があるサラリーマンで、妻帯者といったところを厳選して、およそ100人にメールやらLINEをして会い、貴子が得たお金は、名目上は借金になるのだが、驚くべきことに、300万円近くになっていた。

その中の100人の中でも、貴子が一番、狙いを定めた客、それは、そのあたりのサラリーマンとは思えない収入を得ているトレーダー邦夫であることは言うまでもなかった。

何せ、長期にわたり、定期的に身体の関係もあったし、自己責任でもあるにも拘わらず、私が巨匠と言われる和泉沢に騙されて出資したお金を弁済してくれたのも邦夫だった。

プロローグ　邦夫

様々な暴落があった株式市況であったが、以前の投資銀行の破綻時の経験を活かし、業績が堅調である高配当銘柄と生活必需品となる株主優待銘柄、安定した分配金を得られるインフラファンドを中心的に長期保有に徹したことから、コロナショックも受けず、邦夫の株式投資はきわめて順調そのものであった。

また、短期投資では、ＩＰＯのセカンダリーや新高値を取ってくる銘柄に積極的に投資をして、夜の遊び代は十分に稼ぐことができていた。

一方、ＦＸ投資においても著名なトレーダーとの出会いからパフォーマンスに変化が出てきた。

「ＦＸって、株式投資と異なり、なかなかファンダメンタル分析が効かないし、難しいですよね。そもそも通貨の方向性とかなかなか読めないし、重要な経済指標の発表も素直に為替が反応しないことも多々あるし、市場コンセンサス予想との乖離等、なかなか稼げないです」

邦夫が尋ねると敏腕ＦＸトレーダーは、

「昔は鉄板の必勝法で私は数億円を稼ぐことはできました。今はコツコツ、各種レポートであったり、サポートラインを予測したり、様々の要因で為替の方向性を予想して投資をしています」

「えっ、数億も稼ぐことができるその鉄板の必勝法も気になりますね」

邦夫は聞き返す。

「株式投資でもアローヘッドが導入される前に、例えば、ＩＰＯの初値がついた瞬間のもの数秒、高値をつけるシステムの隙がありました。その原理と同様です」

「システムの隙とは？」

邦夫とトレーダーの一問一答になってきた。

「単純なことというか、気付きです。私は当時、海外の方にもFX口座を持っていました。そこでたまたま日本の口座でFXのポジションが一杯で余力がなかったことから、海外の口座で発注しようとした時、発注のレートが異なっているんですよ」

「レートが異なるとはどういうことですか?」

「日本の口座の画面でレート確認して海外の口座で発注しようとしたら、レートが違うんですよ。スプレッドが各社によって異なることはわかるのですが、基本的なレートがかなり異なっており、想定外のレートで約定することが多々ありました。

原因を調べたら、ある意味、単純なことがわかりました。そのFX会社によって、サーバーやネット環境によりタイムラグがあったのです」

「タイムラグ?」

「例えば雇用統計において、そもそも雇用は個人所得や消費の増減に影響し、景気が良くなるか悪くなるかは、米国GDPの7割近くを占めている個人消費に左右され、一般的に雇用情勢の結果がプラスであれば米ドル高に、マイナスであれば米ドル安になることから、予想より、数値がよければ円安に一気にふれるはずですが、発表した直後に日本のFX会社のレートはすぐにその発表を受けて、レートが円安に変更しているのですが、私が保有している海外のFX会社のレートはまったく発表前とかわりません。ここまで言えば、邦夫さんならわかると思いますが、そのタイムラグというか隙をつけました。

単純に重要指標の発表で、日本のFXの口座で円安か円高に振れた時に、FXの海外口座で円安になることがわかっていればロングで、円高になることがわかっていれば、ショートのポジションを作るのみです。そのタイムラグでほぼリスクなしに儲けることができました。今は対策されていますから、できましたという表現になりますが。おかげさまで、その稼いだ潤沢なお金で、スキャルピングや短期売買に頼らず、中期目線で円高になるのか、あるいは円安になるのかという点で、じっくりと腰を据える投資ができます。もちろん為替には、邦夫さんの方が専門となる日経平均との関連性もあります。そのあたりを全て、私自身は有料でのメールマガジンを発信しておりますし、今日は邦夫さんにはご馳走になっていますので、メルアドを教えて頂ければ、無料で配信しますよ」

と答える。

邦夫は返事をする。

「それは大変有難いです。是非ともお願いします」

「ただ、やはり、私もそれなりの結果を出さなければいけないし、有料のプレッシャーもありますし、何より、投資の世界は絶対というものはありませんので、予想やポジションを外すことや、ロスカットをすることも多々あります。また、明らかに為替の動向も難しくなっております。とにかく、体力的にも限界でありますし、先ほど、言ったように、既に生涯、使い切れないお金を稼ぐことができてますから、こちらの配信は近いうちにやめようと思っておりますので、そのあたりもご了承下さい」

ＦＸトレーダーは言う。

そこまでの話を聞くと、邦夫はますますこのメルマガの内容に興味を持ち、早速、翌朝から配信されたメールを元にカンニング投資をするには時間はかからなかった。

ただ、全てのポジションをカンニングして、投資をするのではなくて、邦夫が株式投資を長年やっていた経験から、ＦＸ投資においても様々な手法を踏襲した。

「買いは3回までにして、4回下がれば1回目の買いをロスカットする」

「ポジションをカンニングする場合には、株式投資の個別銘柄同様、為替においてもその配信者より1円でも自分が有利な価格でエントリーする」

「決算の持ち越しと同様に雇用統計等の重要指標の発表前にはリスクヘッジの観点で全てのポジションをクローズする」

さらに邦夫は、不動産投資においても保有物件が全て値上がりをしたことから、オリンピックの終了後は、バブルが弾けると判断し、全ての物件を売却し、終わりにしていたが、金融機関からの融資をまったく使っていないことと、今後、インフレで不動産価格の上昇が見込まれることから、続けざまに2室で８０００万円近い、都心の一等地の築浅の区分マンションを購入した。

そのあたりは投資関連の取材でもよく聞かれる。

「利回りが4％と低いのに元が取れるのですか」

「もう少し、価格が下がる、あるいは高利回り物件に投資をしないのですか」

「そもそもどうして、築浅の区分を選択したのですか。一棟モノの方がもっと稼げると思うのですが」

邦夫は淡々と回答する。

「月々のキャッシュフローでプラスは厳しいですね。ただし、私は給与所得で８００万円を超えておりますから、そこから、不動産所得をマイナスにすることにより、節税ができますので、そこでトータルでプラスという戦略になっています。ですから、所有期間が5年以下の場合、短期譲渡所得として税金が39・63％取られることから、後、５年は働いて、売り抜くことを考えています。

売却時にローンが残る売却価格であれば、ホールドをして、空室になれば自分の事務所にする、あるいは、家族に使ってもらっていいと思っております。ちなみに、融資にあたり、団体生命保険に加入していますから、今まで支払っていた生命保険を解約しています。何せ私がこの先、急死した場合には、融資というかローンの支払い義務はなくなりますので。

高利回り物件は確かに見つけることができましたが、地方やらかなり築古でありましたから、断念しました。やはり、都内の港区や千代田区の鉄板物件が最強です。築浅で修繕もないし、基本、退去のリスクも小さいです。何より、この物件であるから、１・５％を切る金利で融資を得られたところもあります。

そもそも私にとって不動産投資は、補完的な投資であって、大家で生計をたてるわけでもありませんし、主は株式投資であり、スケールメリットはわかりますが、それなりの負債を負うことにも少なからずの抵抗があるのも事実です。まあ、それでも、私みたいに睡眠時間も削って、株式投資をして、働いて、遊んでいる人間にとっては、丸投げのワンルームは手間いらずで、楽というのが率直な感想です」

株式投資、FX投資、不動産投資と全ての投資と携わり、何一つ、問題がないところの邦夫であったが、どうしても邦夫がこの先、決着やらケリをつけなければいけない問題があった。

それは言わずとも「あの和泉沢に出資したお金を回収しなければならない」

もちろん、今の邦夫の財力からしてみれば、和泉沢に投資をした600万円は、高い授業料として支払ったと割り切れば、このままスルーしても全く問題はない。

しかしながら、自分自身の問いに答えが見つからない。

『和泉沢は詐欺であったのか。最初からお金を巻き上げることが狙いだったのか。やり取りは、全て確信犯であり芝居であったのか』

これだけは、和泉沢に確認をしなければ、一生を終えることはできないと思っていた。

『もし詐欺であれば、俺はいつから嵌められる、獲物となっていたのだろうか。

この俺が騙されたのか。カリスマと言われているこの俺が。そんな馬鹿な。

現にお金を失っている。貴子の分も合わせれば3000万円近い金額だ。いや、違う、詐欺のわけがない。あくまでもトレードの結果の損失だ。あれが芝居やら詐欺であるとは思えない』
　邦夫の頭の中は自問自答が続く。
　そのような中、奇しくもこのタイミングで和泉沢の損失補填がてら手切れ金を渡した貴子から邦夫は連絡を貰った。

訪問

早朝ということもあり、比較的に羽田から熊本行の便は空いていた。

いつものように、エコノミーより空きがあればスーパーシートに乗り込む。

当然のように席は広いし、隣との接触も少なく、優先搭乗ができるし、荷物の返却も早い。

　1万円もかからない追加料金でこの快適さを得られるのは嬉しいし、CAとのワンチャンスもあるから、邦夫にとって使わない理由はない。

　CAとの交渉はタイプであれば、着陸前の最後のお土産を売りに来るタイミングで話をかけるだけである。

　熊本に着陸前にお土産の機内販売がある。

「このチョコレートは美味しいですか？

食べたことがなくて。付き合いのある社長に持っていこうかと」と八重歯を見せながら笑顔で尋ねる。

ＣＡからは当然のように、マニュアル通りに

「お薦めですね。ベストセレクションにもなっています。私も実際に食べて、とても美味しかったです」

このような予想どおりの返事があれば、あとは仕掛けるだけである。

「ありがとう。では3箱お願いします。いや、貴方というか、皆さまにも休憩時に食べてほしいので追加で2箱、合計5箱で」

と驚くＣＡに笑いを取りながら見えるようにその場で名刺も入れて渡す。

これだけで、その日中にお礼やら返信があれば、ワンチャン、食事の誘いができる。

貴子との出会い同様、勝率が10割の必要は全くなく、2割、いや1割でいいのである。

問題はこのような行動を継続して、勇気をもって、プライド関係なく貪欲にできるかどうかである。

一度のフライトで往復2回、年に5回くらいの飛行機の搭乗を考えれば、1年に1回のチャンスが生まれる。

まるでＩＰＯの当選みたいだと自分では思っている。

熊本空港に到着次第、邦夫はまずやらなければならないことがある。

そのためにわざわざ講演先の福岡でなく熊本への早朝便を利用していると言っていいだろう。

それは、言わずもがなく男であれば、是非とも行きたくなる夜のお店の予約のためである。

何せ、そのお店は、1日48人しかチャンスはない。

当然のことながら、11時30分の電話は簡単には繋がらない。

タクシーの車中で邦夫の2台のスマホはフル回転であった。

やっとのことでつながると、

「何とか、夕方の枠を一つ、得ることができました」

これは、和泉沢との対決を前に幸先がいいと捉えるのか、それとも逆に運を使い切ってしまったことになるかは、明日になってみないとわからない。

老舗の澄み切った瑠璃色のコーヒーを飲みながら邦夫は思いにふける。

『和泉沢はどうなっているのだろうか。会うことを了承した真意は。まさか、私の福岡での講演を聞きに来るのが目的ではないだろう。

ただ一つ、言えることは、お金を今回、取り戻せるということはないだろう。もし、お金の用意やら返すことができるのならば、すぐに振込みをするだろう』

自分自身を落ち着かせる意味でも、熊本でワンクッションしたかった。

夕方には、伝説のお店で女性を抱いて、その後に馬肉を堪能して、さらには、東京に進出をしたキャバクラの本店でシャンパンを浴びても、どこか素直に楽しめない自分がいた。

このあたりは、そもそも和泉沢とは、哀願して会うのではなく、お金の回収やら今後の金策について、訊きにわざわざ、敵の地元へ乗り込んで行うことから、ひょっとしたら、ドタキャンあるいは自分自身にも危害が加えられるかもしれないという不安や緊張もあったからだろう。

何せ、早朝から行動をして、お酒もそれなりに飲んでいるのに、いつもと異なり、なかなか深夜になっても寝付けないことが証明している。

屈強な友人やら弁護士などを連れてくればよかったのかもしれないが、今となってはとにかく明日に備えるしかなかった。

激突

邦夫はいつも、指定された場所には30分前には着いて、周りを確認する。

咄嗟の時に逃げられるか、あるいは捕まえられるか。

死角はないのか。

孤立はしていないか。

お金の取り立てに、ここまでも慎重になるのは、黙って和泉沢が経緯を白状して、お金の工面の話をする可能性は低い。

つまり、自分にとっての朗報はなかなか想像し難い。

そもそも、東京から乗り込んで来たが、1回の電話連絡で和泉沢はこの場に顔を見せるのか。

15分前、10分前とホテルのロビーの喫茶の奥から入口を凝視する。

5分前になってもそれらしき姿はない。

『やられたか。そもそも自分は和泉沢の住所は知らない。簡単に会えるなんて信じた自分が甘かったか。

和泉沢が来なければ、単に自分はわざわざ九州まで来て、女を抱いて、馬肉を食べて、シャンパンを空けに来ただけで、講演料を貰っても赤字じゃないか』

と自答した。

その時である。不意に背後から、

「邦夫さん」

と声をかけられた。

「えっ？　和泉沢さんですか……」

動揺する邦夫であった。

何せ邦夫は入口を見ていたが、白髪で猫背になり片足を引きずっている姿がまさに対面にいる和泉沢とは思ってもいなかった。

「はい、和泉沢です」

2年前よりさらに痩せこけ、肌艶もまったくない。

別人かと思い、さすがの邦夫も動揺を隠せなかった。

とりあえず座りオーダーを頼む。

「コーヒーをブラックで」

「何か食べますか?」

和泉沢に確認をする。

「いえ、大丈夫です。久しぶりの外出で太陽もまぶしく、ふらつきました。仕事もなかなか見つからなく、投資資金もないじゃけん」

邦夫は問い尋ねる。

「えっ? ずっと籠っているのですか。以前にお金を返済するにあたり、豪語していた沢山のサイトをひたすら作成して、アフィリエイトで稼ぐというコンセプトはどうなっているのですか」

和泉沢は黙って首を横に振る。

しばしの沈黙が続く。

このような展開は予想をしていなかったことから、なかなか邦夫もストレートに問い詰められない。

しかし、講演時間も刻々と近づいてくることから、意を介して尋ねる。

「和泉沢さん、実は、私もいろいろあってお金が今、厳しいのです。少しでも出資したお金や追加である意味、融資したお金は返して貰えないでしょうか。もちろん、全額が今、無理であれば、東京から来た交通費だけでもお願いできませんか」

邦夫にしては、当初とは考えられない精一杯の譲歩をした発言にも関わらず、和泉沢はしばしの沈黙の後に、

「すいません。早く、邦夫さん、いや迷惑をおかけした他の方にもお金を返したいのですが。

　全く稼げなくて。申し訳ございません」

いつもとまったく同じ台詞である。

邦夫が聞きたいのは、

「自分からお金を騙しとったのか。今後、1円でもお金を返して貰えるのか」

の2点である。

邦夫がどのように問い詰めてくるのかをまるで先回りをしてくるかのように和泉沢は言う。

「この携帯電話も止められてしまうかもしれません。申し訳ございません」

和泉沢は語る。

「私以外からもお金を頂いていますよね。そちらには返せたのですか」

和泉沢は首を横に痛々しく振る。

「つまり、何一つ、この1年、状況はかわっていないということですか。飛行機代くらい出して頂けないでしょうか」

と邦夫は答えがわかっているにも拘わらず、苛立ちをぶつける。

同時に、

「やはり、最初から返す気はこれっぽっちもない。確信犯か。騙されたのか、詐欺られたのか。しかし、証拠はない」

邦夫は気持ちを抑えながら、頭の中で考える。

「なぜ、和泉沢はこの場に現れる。なぜ、バックレないのか？どうして自分と会ったのか」

いくら考えても邦夫の疑問は解けない。

まだ、ひょっとしたら別の目的があるのか。

それとも、この話が公になることを恐れているのか。

いずれにしろ、このままこのまま問い詰めても無駄なことは明白だった。

沈黙の中、コーヒーをすすり、タバコを吸う。

和泉沢は、まるで、想定されていたかのような立ち振る舞いでもあった。

おそらく、邦夫の発する最後の言葉を待っている。

それは解散の合図でもある。

「わかりました。必ず何かあっても数ヵ月に1回は近況報告をして下さい。今日は、もう、結構です」

とまるで導かれるように邦夫は言った。

わざわざ福岡まで乗り込んできたが、わずか30分の出来事であった。

胸倉をつかんでも、大声を上げても、何一つ解決はしない。

ただ、結局のところ、このまま、600万円、貴子の分も合わせれば3000万円近いお金は返ってこないのだろう。

もし、これが詐欺であったとしても、今の邦夫にはどうすることもできない。

和泉沢の思う壺なのだろうか。

変貌

約束の時間は過ぎている。

貴子と会うのは憂鬱というか金の無心ということは容易くわかっていたが、邦夫としては、はっきりさせるためにも誘いに応じるのは致し方なかった。

間違っても、誘惑やら性欲に駆られて一線を再び越えてしまうようなことは避けなければならなかった。

「邦夫、遅れてごめんね」

約束の15分遅れで貴子は現れた。

自分から誘い、場所まで決め、あえてなのか、遅刻してくることには、邦夫もこの年齢になると腹も立たないし、そもそも夜職の女性と待ち合わせをするときには、指定された時間より30分後に行った方がちょうどいいのが常識であった。

「いや、自分もさっき来たばかりだから」と顔を上げた瞬間に邦夫の顔は一気に曇った。

「これが貴子なのか」

「わずか1年でこれほどまでも老いるのか」

と声を大にして言いたいことを堪えて思わず口をつぐんだ。

「急ぎの用みたいだったけど、今日、久しぶりというかここで呼んだわけは？」

とストレートにオーダーをする前に尋ねた。

「ちょっとピンチで」

貴子は言う。

『やはり金か』

心の中でつぶやく。

そして、冷静にもう一度、上から下まで貴子の身体に目線を落とす。

コートを脱ぎ、露出の高い恰好をしているが、年齢からくるところなのか、それとも身体のメンテナンスにかけるお金がないのか、全盛期の貴子を知っている邦夫にとって、貴子の外見の劣化は明白であった。

「ピンチ？って」

あえて、お金とわかっているのにとぼけて聞き返す。

「えっ？」

貴子も困惑するが少しの間をとって、

「物入りでお金が……」

邦夫はすぐに
「えっ？　俺が和泉沢の分と合わせ2000万円を渡したよな。うん？　もうないのか？　そのお金はどうしたんだ。渡してから1年もたってないよな」

もう、貴子の体を求めることもないし、和泉沢を紹介した手前、責任を感じて、何の法的責任もない出資金を和泉沢でなく、邦夫が貴子に返していることから、何の躊躇もなく、強気で答える。

しばしの沈黙が流れる。

「確かに貰ったわ。でも、もうないのよ。だからお願いしているのよ」

逆に開き直って貴子の口調も強くなる。

「いったい何に使ったんだよ。推しにでも貢いだのか。そうそう、1年も経たないうちになくなる額じゃないだろう。それとも騙されたのか？」

邦夫は問いつめる。

「私だって、いろいろあるのよ。とにかく、お金がないのよ」

貴子は言う。

『お金がなければ、ファンションも新調しないし、家だって家賃の安いところに引っ越すし、劣化したとは言え、夜の世界で最低限の時給やら日払いで数年は凌げるし、その気になれば昼職でも小銭は稼げるだろう。

本当にお金がないのか。

貴子にここでさらにお金を渡すやら貸してもまずお金は絶対に返ってこない。何せ、担保もなければ保証も当然ない。

この先、何か確実に貴子のお財布やらお金が増えることが考えられない。貴子が飛べば、回収するのにもかなりの時間を要するし、そもそも回収できないかもしれない』

邦夫の頭の中での結論は出ている。

『ではどうするか。俺の今のお財布事情を何かつかんでいるのか。自分としては1円も渡さず、ここのお茶代すら割り勘にしたいくらいだ。反論やら何か脅しをしてくるか。

貴子にはある程度の自分の個人情報は握られていることから、自分が億トレであることや派手な遊びぶりを自分の職場にタレコミされたとしても、法に触れるようなことは一切ないから問題はない。また、このご時世、億トレなんか珍しくないから、自分の遊びレベルでは、週刊誌も取り上げないだろう。逆に今までのお金の支払いを考えれば、感謝してもらいたいくらいだ』

と心の中で整理した。

今の貴子は女性の価値が暴落しており、邦夫にとってはまったく魅力を感じないことは、会って数分で邦夫の下半身の反応が証明していた。

「貴子、ごめん、お金なんだが、自分もいっぱい、いっぱいで厳しいよ」

貴子はすぐに言い返す。

「えっ、嘘でしょう。新刊も出しているし、ラジオにも出ているし、その印税やギャラもあるし、第一、邦夫は昼職もやめてないし、投資のパフォーマンスだって、どんな地合いでも年間5％ぐらいは稼いでいるでしょう」

邦夫は驚いた。

『和泉沢からの2000万を邦夫が回収した後も、貴子は、自分のHPやブログはもちろんのこと、鍵アカのインスタやXも見ていたのか。油断したなあ』

と言葉には出さないが想定内の反論であったことから、貴子を黙らせる、これ以上追及してこないパワーワードを言った。

「貴子、実は、逆に俺はお金を貸して欲しくて、貴子に会いたかったんだよ。さすがに借金のお願いでこちらから誘う事ができなくて。

貴子の言う通り、自分は稼いでいるけど、実は親ががんで、陽子線治療で1回300万円かかるから、当然、投資の稼ぎで追いつかず、蓄えは減るばかりなんだ。もちろん、延命やら治療をやめればお金はかからないが、がんが進行するだけで、痛みもひどくなるだけだから、やれるだけはやっておこうかと。偽善者と言われようが、生きているうちの最後の親孝行かもしれないけどね。

だから100万、いや10万でいいから貸してほしい。返す目途は、親が亡くなるまでにかかる医療費の規模によるけど」

貴子がまさかの言葉の返答に戸惑っているのがよくわかる。

何せ、うまくいけば100万、最低でも10万円を邦夫から取れると皮算用していたところ、全く、とれないどころか、逆にお金を貸してほしいと言われるとは思ってもいなかったからだ。

今日のために、ヘアメにお金をかけ、40歳手前にしては、露出が激しい新調した服と切り札となる下着も邦夫好みを着けてきたのも、全て無駄となってしまったこともこの瞬間に把握した。

「そっか。邦夫もいろいろ大変なんだね。わかったわ。でも、実はスマホも止められそうなの。1万円でもいいからお金を貸してくれないかな」

貴子は最後の台詞を吐いた。

このあたりは、いくらお金がいるとは言え、さすがの邦夫も1万円であれば出すのではないかという読みがあった。

「わかったよ。正直に見せてもいいけど、今の自分の財布の中身は7千円しかないからここのお茶代の2千円を差し引き5千円だけ貸すわ」

この5千円すら、間違いなく貴子がバックレることはわかっていたが、まったく貸さないということではなく、少額を渡し、手ぶらで帰さないことで、面子も保ち納得させる狙いが考えとしてあった。

メインの財布ではなく、わざとこの日のために用意をした、ボロボロの財布の中身を見せながら、5千円札を1枚貴子に渡した。

借金は、お金を貸した人間の方が、借りた人間よりも、過多なストレスがかかることから、いつの日からか、邦夫はどんな人に対しても、借金は返ってこない手切れ金として渡していることから、バックレられても、痛くはない少額のお金を渡すようしていた。

お金の貸し借りが発生した時の落としどころは邦夫の方が、貴子より1枚も2枚も上手であった。

不動産投資

邦夫は、不動産投資は株式投資と同様にお金を増やすことができる投資の一つなのに、皆がなぜに実践をしないのかが疑問でもあったが、今の不動産価格は10年前と比較して高騰しているのは否定できず、都内のワンルームの場合、それなりの立地であれば、築浅物件なら4％にも満たない物件で溢れていることから、何の目算を考えずに買えば、すぐに損失を被ることは誰もがわかることも一因かもしれない。

業者の言い分は、

「将来の資産になります」

「月の持ち出しはわずかです」

「生命保険のかわりになります」

「給与収入との通算で節税効果がでます」

「経費が使えます」

というお決まりのフレーズで営業される。

邦夫からすれば、

「将来って何年後？」

「投資でなぜに月々の持ち出しがあり、キャッシュフローがマイナスなんてありえない」

「生命保険料を支払っていれば、その分が浮くの？」

「給与はそんなに稼いでないよ」

「経費は飲食代？　車や家電の購入代？」

とすぐに突っ込みたくなるが、初心者はすぐに言いくるめられてしまうことだろう。

何せ、嘘は言っていない。

ただ、単に都合の悪いことや損な話は絶対にしない。

「今の家賃が最高値である。あとは古くなれば家賃が下がるのは明白」

「当然の事ながら、空室や修繕は発生する」

「金利も固定金利にしない限り、いつかは上昇する」

これらのマイナス要因、リスクは聞かれない限り言わないし、そもそも客の購入意欲をそぐようなことは語らない。

もし聞かれれば、

「家賃は確かに築年数を考慮すれば下がりますが、株式投資と違い、0円になることはなく、必ず近隣相場並みに落ち着きます」

「空室期間はできる限り短くなるよう客付けも弊社で対応します」

「固定金利で対応するか不安であれば、頭金を多くいれましょう」

このあたりの回答は優秀な成績を残している営業マンであればお手のものである。

邦夫の場合は、十分な与信もあり、節税効果もまだ出ることから、やる価値があり、さらに物件を増やしていかなければならない。

ただし、不動産価格の高騰は止まらないことから、1%いや0・1%でも安くローンを組まないと、さすがの邦夫であっても損失は免れない。

そのあたりの思いを感じ取っているのか営業マンは言う。

「邦夫さんなら2%、いや、今なら1%台で借りられます」

「なんたって、このご時世、給与収入が年々増えていて1000万円を超えるのは医者や公務員ぐらいですから、高給サラリーマンとしては鉄板ですよ」

と即答しさらには、こちらの意図を知っているかのように、

「こちらをご覧ください」

とタブレットの画面で1室を追加する毎の節税効果額を示してくる。

「経費率はどれくらいまで計上できますか」

「空室率や家賃下落率はどのくらいを見込んでいますか」

「最終的な税引き後のキャッシュフローは計算されていますか」

このあたりは腐っても税理士の資格もある邦夫が真骨頂の鋭い質問を飛ばす。

このあたりの回答に躊躇すればそこまでの営業担当と判断するのみだ。

そして最後の質問は、

「このような妙味ある物件をご自身、ご家族、友人、先輩、後輩に勧めず、自分に持ってくる理由を教えて下さい」

ここまですべての回答を即答できれば、購入しても問題はないというところが邦夫の判断基準でもある。

不動産投資は高額であることから、株式投資と比較して流動性が低く、プレーヤーも少ないことから、ロスカットは致命傷になるし、安易に買い増しはできないことから、どんなに買い意欲はあっても最終判断は慎重にならざるを得ないところである。

その後、納得がいかないところを指摘し、焦らしと言った駆け引きを用い、当初の提示

金額より数十万円のディスカウントした条件で邦夫は答えた。

「わかりました」

「ローンの審査をお願いするとともに、買い付けを入れさせて頂きます」

不動産投資においては、年収の10倍まで借りられるということであるから、邦夫にとってもいずれ、融資枠の限界が来ることから、そこまでは買い進めようと思っていた。

回想

ホストクラブのオーナーは言う。

何せ、仕入れ値の10倍以上の値段で売れる飲み物が多数あることが強味である。

「邦夫！　このウーロン茶がなぜに１０００円でも買う客がいるかわかるか？

こんなん、仕入れ値は１００円、いや10円だ。つまり、１杯で９９０円、10杯で９９００円、１００杯で９９０００円だ」

「えっ？　そんなに出るわけない？」

疑問が飛ぶ。

「客一人で３杯、お前も同じように飲めば、６杯、それをワンテーブル、夜だけで３回転させれば、18杯、この店は、10テーブルにカウンター合わせ、60席、つまり、最大、５４

0杯で約53万円の利益だ。夜の時間帯だけで、これを昼も合わせ、月に25日の営業となると、極端な話、ウーロン茶だけでおよそ3000万円の儲けだ。

もちろん、お客が来るのが前提だし、ウーロン茶を数杯オーダーするという計算だ。しかもこれはウーロン茶のみでの売上だ。アイスコーヒー、コーラの原価となると10円以下になる。そして、一番の盛り上がりはシャンパンとブランデーになる。何せ、最低5万、上を見れば100万やら200万だ。たった1本の値段がね」

と聞いた時には半信半疑であったが、納得したのは店の雰囲気はもちろん、そこで働いているホストの魅力でいくらでも客は来るのを目のあたりにしたからである。

当然の事ながら、客にシャンパンやブランデーを入れさせるためには、それなりの対応やら対価を与えることも必要なことはすぐにわかった。

「それなりの対応が必要だ」

社長は言った。

「邦夫！　お前はお酒が飲めない。そして、イケメンでもない。笑いも癒しも取れる話術やら聞くテクニックもない」

全ての事実を突きつけられ、弱々しく尋ねた。

「だ、だったらどうすれば……」

社長は微笑みながら回答した。

「体を張るんだよ。体を」

「えっ？　体」

「まったく鈍いやつだな。飲む、打つ、買うではなく、『売る』ということだ」

「社長、ますます意味が分からないのですが」

「だから、お客にお前の身体を売る、あずけるんだよ。おもちゃになるの。枕営業だよ」

邦夫が動揺していると、

「えっ？　それは、お客とＳＥＸをするのですか？　僕、まだ、童貞というか経験ありません」

社長は笑って言った。

「そうなのか、逆に価値が高くなっていいや。最初の客は俺が紹介してやる」

お金に追われていた邦夫は黙って頷くしかなかった。

そして、思い出したくもない屈辱の毎日を過ごすことになる。

「早く脱ぎなさい」

「私がいいというまで続けなさい」

「貴方から若さを取ったら何も残らないわね」

「こんなんで同伴できると思っているの」

「下手ね。女性経験はあるの？」

「もういいわ。私の言う通り動かしなさい」

邦夫も必死であった。

『如何にしたらお店に来てくれるのか。どうしたらお店で多額のお金を落としてくれるのか』

耐え続け、やっとのことで、パワープレイで客を満足させることができた時には邦夫の心はすっかり蝕まれていたが、

『自分がかっこよくなくても、面白い話ができなくても、いやそもそもお酒が飲めなくても、客にメリットがある、もしくは行かなければならない交換条件を得れば、客はお店に来て、面白いほどお金を落としてくれる』

と邦夫がまだ10代にも関わらず悟った時でもあった。

『では、もっともっと稼いで、自分が店舗の社長、つまり自らオーナーになれば、命令をされることなく、自分自身の心が病むようなことをする必要はなくなるのではないか』

という答えはすぐに出た。

「また、ホストクラブやキャバクラに固執をしなくても、枕を求められるルックスの店員がいて、立地を誤らなければ、自身で普通の飲食店でもやっていけるのではないか」

と確信をもったときでもあった。

邦夫の店舗経営の方向性を明確にした。

「とにかく、収入と支出のバランスが重要であり、人件費と仕入れ値は1円でも安く、後は、お店に客が来たがるコンセプトを示せればいい」

熱弁

「邦夫さん、ここでお店を出しませんか？　以前、投資家が集まるようなお店を出したいって言っていませんでしたっけ」

　ガールズバーを既に出店している岩本から声をかけられた。

「そうなんです。私自身も孤独なトレーダーということもあり、常時、投資の話をできるリアルなコミュニティの場があればいいと探しています。これまでにも、ネット証券の会長が渋谷のバーを撤退する時にいいお話を頂いたのですが、スタッフも引き払うとのことで、私が連日、カウンターに立てないこともあり、断念しました」

　邦夫は答えた。

「私とやって頂ければ、スタッフというか社員や店長は信頼できる奴を用意できます。また、私と邦夫さんに加えて、私と懇意にしているテレビに最近よく出ているアスリートの日川も一緒にやります」

「えっ！　なんで日川さんと」

　邦夫は驚き聞き返す。

「実は、日川が有名になる前からの趣味仲間で、日川もバーの出店をしたがっているんですよ。

日川は人目を気にせず飲める個室が欲しいとかも言っていて、出店にかなり前向きです。しかも、日川は邦夫さんの事も知っているみたいです。

日川のアスリートとしての広告、そして邦夫さんの投資家の人脈、この3人でやれば失敗やら負けはないと思うんですよ」

岩本は言う。

「でもさすがに私はもちろんですが、日川選手が酒を作ったりはしないですよね。あくまでも自分がよく行く店とか出資をしている店という形の紹介で、とにかく広告塔としての役割が一番になりますよね」

邦夫が聞く。

「そうですね。サプライズでオーダーとか聞いたりしたら客はびっくりしますが、店にいるだけでも集客効果が大きいです。事務所やスポンサーと調整して日川関連のグッズも販売します」

岩本の熱弁は続く。

「何せ、バーと言うと、どうしても食事してから一杯という9時~12時の時間帯が強いですが、それ以外の時間帯で稼ぐことが重要です。そして、物件は1日中、使えるわけですから、人件費との兼ね合いはありますが、昼や夕方、深夜と言った時間帯でも売上を得たいですね。

あと、当たり前ですが、私が店長を予定している男はイケメンです。バイトもビジュアル重視で取ります。何せ、ガールズバーでの経験からして、とにかく美女の方が、客は店にリピーターとして来ます。

邦夫さんもよく知っているかもしれませんが、生誕祭や周年祭というものもどんどん企画すればその日だけで50万やら100万の売上もキャバクラ並みに稼げます。ヴーヴやベルエポックが1本空けば、いや空けさせるテクニックはやはり店長をはじめスタッフの腕になります。邦夫さんの投資仲間やら知り合いならほぼ皆さん、シャンパンを空ける人も多いでしょう。

実は、今、駅から徒歩1分のホストクラブが手放した居抜きの物件があるんですよ」

邦夫は投資家目線で聞き返す。

「家賃はいくらになりますか」

「150万円かな。坪単価は2万円に近いです」

邦夫が黙っていると岩本は、

「高いかもしれませんが、何せ、駅の改札から徒歩1分で、日川のために個室も作りますし、それなりの広さが必要になります。まあ、月の売上として500〜600万円を考えています」

邦夫は心の中で思った。

『岩本は馬鹿なのか？

なんで、いつ来るかわからない奴のために個室スペースがいるのか。しかも個室にいる間は、日川の存在は誰一人知らないわけで接客やらカウンターにいなければ、何の集客効果もない。

売上が５００万？　25日間の営業で１日20万円。本当に毎日、それだけ取れるのか。普通のバーだよな。キャバクラでもホストでもない』

邦夫は聞く。

「岩本さん。イメージはわかりました。人件費もかかりますよね。必要な資金や調達方法、事業の見通し等の記載した具体的な事業計画書を見せてもらってもいいですか」

「あっ、人件費は店長には月30万円くらいかな。バイトはこれから考えます。事業計画書は特段ないんですが、基本、お店にかかるお金を私と邦夫さんと日川の３人で等分しようと思っています」

岩本の答えを聞いて邦夫は、

『事業計画書もないのか。資金がすぐにショートしたこととか考えないのかな。ガールズバーとかで結果が出ているから今回も問題ないと思っているのかな』

と様々な疑問が生じていた。

「どうですか。邦夫さん、一緒にやりませんか！」

という岩本の誘いには、物件を他人やら他社に取られたくないことから、すぐにでも契約をしたがっているのが明白であったが、何せ日川とも一度も会っていない現状もあることから、邦夫は、

「わかりました。私も出資する以上、即答はできません。投資目線で検討しますので、しばらくの間、時間を下さい」

ときっぱりと答えた。

浮上

貴子は、邦夫からはまさかの5千円しか得ることができなく茫然としてしまった。

しかも、この先も邦夫からお金を一切、借りるいや貰うことができなくなるとは思ってもいなかった。

少なくとも20万円くらいは余裕で貰えると思った。

もちろん、身体を求められれば、邦夫なら楽だし、応じる覚悟はしていた。

『残された手段は限られている』

貴子は思う。

このご時世、貴子の店に来る客の高給取りは限られている。

年齢的な事もあり貴子にはリピーターとしての指名がかからないし、ひたすら、待機となってしまう現実でもあった。

社長からは、

「貴子さん。なかなかこのお店では難しいのでは？」

「出稼ぎやらNSオンリーで売り出さない？」と言われ、返す答えがなかった。

そのような中、同じ待機の嬢がひたすらLINEをしている。

「お客への営業？　大変だよね」

と聞くと、

「いえ、これ、パパ活サイトです。運営に知り合いがいて、私も登録して、稼ぎが必要な時はこちらを利用します。

飯だけなら1時間、お車代込で1万、本番までなら5万かな。そのあたりの報酬は、客に合わせて、多少の前後はするかな」

嬢の答えに貴子はさらに聞く。

「えっ！　そんなに貰えるの？　客層はどうなの？

リスクはあるの？　私でも稼げる？」

待機の子は言う。

「そのあたりは見極めかな。貴子さんの年齢を目当てにしている客も少なからずいるからワンチャンはあるかな？」

屈託のない答えに思わずむっとしたが、何せ、スマホ一つで、無料で客を取れ、時給に換算して1万円は、今の貴子にとっては大きいお金と感じていた。

「何せ、一切、店には支払いが生じないことから、自分に100％の総取りである。そこで、太客やら定期を2～3名、キープをできれば……」

　頭の中で計算をしていると、さらに嬢は、

「でも貴子さんなら、年齢的な事もあるし、今までの数々の現場をよく知っているから、プレーヤーではなく、中やら運営をした方が稼げると思うけどな」

「えっ？　それどういうこと？」

「このような出会い系やパパ活って、運営がグレーなところも多いし、男より同性の女性からの紹介の方が安心やら参加しやすいのよね。

　嫌みにとらないでほしいんだけど、貴子さんは、誰よりも今までの人生経験も長いし、キャバクラ、ヘルス、ソープと全てを経験しているから、夜職の女性の気持ちやら思いもよくわかっていると思うし、貴子さんが経営している店なら、女性はそれなりに集まるんじゃないかな。あと、貴子さんの強みは、男たちの欲望の処理の仕方を一番、知っていること」

「どういう意味？」

「男というかオヤジ達はご飯を食べるだけでお金を払うのではなく、そのあとの体に対価を払うのよ。そのあたりの相場やら、この客ならいくらとか、貴子さんなら経験もあるから、適正価格がわかるから、アドバイスもできるし」

　そこまで聞くと貴子は尋ねた。

「そうなの。ちょっとお願いがあるんだけど、登録しているパパ活会社の担当やら運営の方に私も一度、会えないかな？　まずは普通にスタッフとしてお手伝いをしてみたいわ」

店舗経営

更なる収入源を模索していたところ、以前の投資仲間の紹介で岩本以上の多数の店舗経営を展開している島田のセミナーに邦夫は参加した。

セミナー自体は店舗経営の成功の秘訣のポイントを話すものであった。

島田は各々に受講後の総評の中で、

「店舗経営に必要なものはコンセプトです」

と語った。

この話はまさに邦夫がホストクラブで養った店舗への方向性とまさしく一致しており、邦夫は衝撃を受けた。

さらに島田は言う。

「邦夫さんは投資家の集まる居場所つくりということを目的にしています。ここから、どのようなにすれば投資家が集まるかということがターゲットになります。

株価やチャートが表示されるモニターを設置しよう、お店で投資セミナーをやろう、著名投資家に来店してもらおう。

邦夫さんは集客に向け次なる戦略をきちんと考えています」

自身のアイデアを事例として取り上げてもらった邦夫は素直に喜んだ。

「自分の考える店舗経営の軸は決まりそうだ。問題は自分自身がお店に毎日、開店から閉店までいることができないことから、人の手配、そして、何よりも立地の選定が最大限の鍵となる」

その後、島田自身も株式投資をすることから、億トレの邦夫に興味を持ったのか、飲食を共にする機会が増えていった。

「今はカレー屋の経営に力を入れています。

実際にカレーという日常食と燻製という非日常食がマッチさせて、珍しさもあって、たくさんの取材を受けています。4年間で100店舗作って、国内で3位になろうと思っています。本当は1位になると言いたいところですが、さすがにトップと2位を超えるのは難しく、今の時点では3位を目指しています。

是非、邦夫さんにも力を貸して頂けないでしょうか」

島田の想いに邦夫は聞き返す。

「力というのはどういう意味でしょうか？　社員にならないかということですか？」

「いえいえ、邦夫さんは昼職でもそれなりのポジションでしっかりと稼いでおりますし、転職をしたいという不満もないかと思います。ですから、端的に言えば、出資になります。

今、3店舗目の出店を恵比寿で考えていて、先々、上場も視野に入れていて東証の方にもお話を聞いています」

　島田は語る。

「凄いですね。3店舗目、そして上場ですか?」

　と邦夫が言うと、

「はい。ご都合がいい時に、一度、まずはお店にいらっしゃいませんか。邦夫さんは億トレということもありますが、グルメでカレー好きと伺っていますから、まずは私の力を入れている燻製カレーそのものの味をその舌で判断を頂きたい。

　そして、こちらが各店舗の収支の状況になります。先日は、テレビ番組にも取り上げられ、翌日のお店はやはり物凄い反響もあり大変でした」

　島田に熱心に言われたこともあり、翌日には、邦夫は日本橋の本店に足を運び、店長も紹介され、燻製カレーを堪能した。

　言われたとおり、独自に開発した製法によるカレーのルーにトッピング(チキン、エッグ、ベジタブル他)、「辛さ」に加えて、カレールーの燻製度合いと言われる「燻度《くんど》」も3段階からチョイス可能となっていて、これにより、スパイシーなカレーの風味に加え、燻製による風味豊かな深い味わいが溶け合い、今までに食べたことのない味であった。

　はやる気持ちを抑えながら、先日の収支報告書や事業計画書を確認し質問を一気にした。

「こちらの人件費は安い感がしますが」

「売上予想やら見込みは強気に見えますが」

「カレー屋の売上において季節要因はありますか」

「他の出資者の状況はどうなっていますか」

それに対し島田は、

「自分の知り合いを雇っています」

「ここ数ヵ月の伸び率を加味しています」

「暑い時にカレーという意識があり、ここに限らず初夏から夏にかけて数字は上がりますが、年末はおせちのあとはカレーという意識も広まっており、売れる時期というものは少なからずあります」

「1口100万円からで最高で10口、10人の出資者がいます。邦夫さんと同じサラリーマンの方もいて、商社勤務ということもあり、仕入れ先の変更や価格交渉にアドバイスをもらう、さらには、同じ出資者に銀行マンの方もいて、当然の如く、新たな融資先の紹介をしてもらいました。ですから、一般的にお金を出資するだけのパターンと異なり、このカレー屋の出資においては、出資者の方、自らがさらに会社の業績があがるように、積極的に参画している新しい出資者の姿かもしれません」

まるで事前に質問がわかっていたかのように島田はスラスラ答えることから、邦夫の考えるリスクや警戒は全くなくなってしまった。

特に出資者の構成に銀行マンがいるということは、この事業計画書や売り上げ予想が認められる、稟議がとおるということから、実現可能な数値と判断されたことになるから非常に安心であった。

あとは、邦夫がいくら出資をするかの判断だけである。

『さすがに1口、いやや2〜3口じゃ少ないかな』

『やはり最高10口、いやそれ以上を出資し、筆頭の出資者になるべきか』

心の中で思案していると、まるで島田は見透かしたかのように、

「邦夫さんレベルであれば最低5口はないと意味がないと思います。こちらの出資に対するリターンは5％を見込んでいます。もちろん、それ以上の利益が出れば還元しますし、この先、上場した時にはその口数分が株主として売れますから、カリスマ投資家の邦夫さんなら、口数に比例して儲かるお金が増えることは分かると思います」

続けざまに島田は語る。

「本来であれば1年後に配当として支払う5％分を邦夫さんにおいては、先に私から先行して支払います。もちろん、約款上はそのようなことはできませんので、私の会社のセミナーで株式投資の講師をして頂き、その支払いに上乗せする形にいたします。

確実に初年度は1口で5万、10口なら50万、筆頭出資者になって頂ければ、20口の100万円を出資した月の翌月までに支払います」

ここまで言われれば、利回りは5％であったが、何より、店舗経営のカリスマと呼ばれる島田と一緒に事業ができることの喜びの方が大きかったところから、邦夫が20口、トータル2000万円の出資の決断をするには時間がかからなかった。

潜入

自分が登録をするのではなく、実際にスタッフとして、中の人となると、この仕事の儲かる仕組みがよく理解した貴子であった。

これほどまでに、ノーリスクで稼ぐことができる業界だとは思わなかった。

今まで、色恋はもちろん、自分自身の体の価値で稼いでいたのが、無駄だったとまでは言わないが、自身で経営をすれば、ストレスフリーでお金を稼げるとは思ってもいなかった。

冷静に考えれば男が単純なのか、出会いに窮しているだけなのだろうか。

何せ数ある出会い系のほとんどの業者は、女性は無料で登録できる。

その女性と食事やら体を求めるために、男性陣は最初に、高額の入会金とセッティング料をお店に払う。

お金さえ得られれば、後は、個人同士の自由恋愛でやって頂ければ、店側には何の責任やらリスクは生じない。

その上で、貴子の働いている会社はさらに理にかなった料金体系を構築していた。

容姿端麗で20代の女性が属しているブラッククラスにオファーをするには、入会金10万円に年会費10万円の合計20万円、年齢が30代ならプラチナクラスで入会金８万円に年会費

8万円の合計16万円、シングルマザーや刺青があるといった女性はゴールドクラスで入会金5万円の年会費5万円の合計10万円、それ以下になるとスタンダード会員として、入会金3万円、年会費3万円の合計6万円といった4段階の女性のレベルに応じた入会金や年会費がかかり、デートのオファーをするにもブラックレベルで1人につきさらに10万円、プラチナレベルで8万円、ゴールドレベルで5万円とお金がかかるシステムになっている。

男性会員の入会数と更新料そして、実際にデートをした結果、納得がいかなくても男性陣から頂いているセッティング料は返金されることはない為、そのお金は確実な利益となる。

また、実際にスタッフとして働く中で、誰もが認めるルックスを持っているブラッククラスの女性にオファーが殺到するというわけではなく、

「えっ？　なぜ、この人が」

というような同性から見ても疑問符が付く女性でゴールドクラスやスタンダードクラスの女性であってもそれなりの数のオファーがかかることだった。

このあたりは、キャバクラでもホストでもなぜか、ビジュアルはイマイチであってもナンバーワンに選ばれていて、

「雰囲気がよかった」

「話を聞いてくれる」

「一緒にいると楽しい」

「なんか落ち着く」

　というような理由と同じことなのかもしれないが、まだ実際に会う前の話であるから、やはりこの店の売りである動画配信の紹介がモノを言っているかもしれない。

　何せ、この手の世界は、基本、写真紹介が主であるが、写真の加工はこの世界では日常茶飯事であることから、

「全然、違う女性が来た」

「写真詐欺じゃないですか？」

「お金を返してほしい」

「もう、退会したい」

　というような苦情は、動画配信を合わせて行っていることから、この店では一切なかった。

　デートのセッティング料が多ければ多いほど、店の利益となることから、必ず、一度会った女性の感想を聞き、不満があれば、即座に新たな女性を紹介することにより、安定的な利益を上げていた。

　何せ、女性の登録料や年会費は無料であることから、新規の登録者の申込みは後を絶つことなく、1週間で50人、1ヵ月で200人近く、面接を実施し登録されることから、とにかく男性陣に紹介する女性の数だけは、不自由することはなかった。

勧誘

島田に出資したカレー屋の経営が順調なことから、次なる店舗経営にも触手が伸びるのは当然の流れであった。

具体的な収支計画書の提示がなく、とにかくアスリートの日川の名前を出す岩本の熱心な勧誘が続く。

「邦夫さん、無事に店長をヘッドハンティングができました。本人が、日川の大ファンということもあって、交渉がしやすかったです」

さらには、

「会社は私と日川と邦夫さんの3人の持ち株会としましょう。会社名には邦夫さんのKをいれましょう」

と躊躇している邦夫の心をくすぐってくる。

それでもまだ迷っている邦夫に対し、

「今しかチャンスはないです。この物件を逃したら、開店はいつになるかわかりません。是非、一緒にやりましょう。

この場所なら、私自身が歌舞伎のホストクラブやキャバクラには同伴、アフター狙いで使ってもらうようにしっかりと営業します。邦夫さんは投資関係者の方が来ている時にメンバー出勤して頂ければ、それだけでシャンパンが数本空きますから」

岩本にここまで言われ、結局のところ、一抹の不安がありながらも邦夫は首を縦に振った。

実際に岩本が見つけて来た物件を内見すると、家賃が150万近いということもあって、圧巻の広さであった。

「この広さでキャパというか満席で何人を想定していますか？」

「個室、カウンター、テーブルで30人～50人はいけるかな？」

と返す岩本だった。

『うん？　いけるかな？　人数も把握していないのか。売上の想定はされているのか？』

とやや呆れた思いを持ったが、

「ラッキーなことにテーブルやグラスはそのまま貰えるんですよ。あっ！　このスタンドも」

興奮している岩本の言葉は続くが邦夫は逆に、

『今度の店の雰囲気やらコンセプトに合うのか？　汚れなどは気にならないのか？』

と冷静に分析していた。

しかしながら、アスリートの日川が前面に出れば、広告塔としての影響力は高いし、すぐにガラガラになり、店を閉めることにはならないとも思う。

何せ、日川のネームバリューと人脈を考えれば、お客が来ないわけがない。

現に目と鼻の先にあるお笑い芸人が出店している焼肉屋は味にそれほどのインパクトがなくても、

「その芸人と会えるのではないか？」

という期待感で連日、予約一杯であった。

誘い

日川から突然の飲食の誘いがあった。

このタイミングでの誘いは、邦夫が参加さえしてくれれば、一気に出店が進むという目算があったのかもしれない。

「その後、バーの経営の参加はいかがですか」

「是非、成功させましょう」

「よければバーの事もそうですが、株式投資についても聞きたいんで飲みにいきませんか」

有名な誰もが知るアスリートと気軽に飲む機会なんて、さすがの邦夫も今までの人生の中でなかったこともあり、興奮して聞き返す。

「えっ、本当ですか」

「嬉しいですね。でも、株式投資についてたいしたことは語れないですよ」

「いえいえ。邦夫さんのことはよく知っています。邦夫さんの著書も読みました。岩本からもご活躍はよく聞いているし」

日川は言う。

「では岩本さんも一緒の方がいいですか？」

邦夫は気遣ったが日川は言った。

「邦夫さんと二人で構いませんよ」

邦夫は了承しながら尋ねる。

「どこか行きたいところはありますか？」

「素人の女性と飲食したいです」

邦夫は驚きながら、

「えっ？　合コンやらパパ活の出会い？　普通の社会人や大学生と飲みたいですか？」

「いえいえ。さすがに顔バレがやばいですから、全くの素人ではなく、お店で働いている子がいいです」

「なるほど、となると、そのような素人の女の子が働いているとなると、キャバクラよりラウンジの方かな」

「はい。実は六本木のお店にはよく連れていってもらって、はまったものですから、また新規の女の子に出会えればうれしいです。今、そのような子がいないんで」

『随分、ストレートな要求だな。確か、日川は結婚していたよな。大丈夫なのかな。それとも遠征やら合宿が多いからそのあたりは放任されているのかな。それとも、単なる女好きなのか』

心の中で思いながら、

「わかりました。最近、昔からの知り合いが店長をしている店からお誘いがあったから、そちらをご案内します」

と伝えた。

当日は自身が日川と会える喜びより、とにかく、自分が出資をするとなると、岩本の言うとおり、お店の成功には日川の広告塔としての役割は欠かせないことから、今のうちから、日川を満足させておくに越したことはない。

邦夫は再びスマホを取った。

「あっ、店長。来週の金曜日の21時〜ＶＩＰルームを抑えて下さい。著名人と一緒なんで、絶対に他の客と会わないようにしてもらいたいんでお願いしますね」

経営

とにかく女性を集めればいい。

Ｓ級でもなくてもいい。数がモノをいうのはよくわかった。

無料登録であるから、女性は入会の敷居は低い。

もちろん、外国人も大歓迎であるから、生活に窮している留学生は積極的に受け入れた。

あとは、これだけの女性の一覧を見た男性客からのオファーを待つのみ。

時給も場所も発生しないというコストゼロの女性陣の売れ行きを見るだけであるから、商品の在庫リスクというものは生じない。

全て、ネットの世界で完結するというのも素晴らしい。

貴子自身が、一切、色恋やら体を張る必要がないプロデュース側の人間になることで、指名がかからず惨めになることはないし、お金のために、全盛期に比べれば劣ってしまった体に鞭を打って稼ぐ必要もない。

このような業種は都内でもいくつかやっていることは把握したが、何せ、地球の人口の半分は女性であり、コロナ渦ということもあり、出会いの機会を無くしている男性も多いことから、パイの奪い合いになることもなかった。

嬢から言われた通り、貴子はここまで、地下アイドルからキャバクラ、そしてピンサロ、ヘルス、ソープとある意味、全ての夜の世界を経験しているからこそ、その知識と人脈からすれば、男性会員のあしらいも見事なものであった。

あとは、ビジネスモデルとして、他社にはないサービスを一つでも取り入れれば、一気にこの業界でトップを取ることができるのではないかと思案するが、なかなか思いつかない。

『手っ取り早いのは、やはりお金かな』

『セッティング時の男性からのお金の一部を女性にキャッシュバックをするというのはどうだろうか』

『基本、女性側は当日の男性からの足代しか貰えない。後は、自身の対価を交渉して決めるしかない』

『もちろん、ホテルに行かなければ5000円が関の山であるから、オファー時に男性から頂いたお金の30%をバックする』

『5回目からは40%、10回目からは50%バックというのはどうだろうか』

『女性陣は多数の男性とのセッティングに躍起になるだろう』

『このようなパパ活サイトや愛人サイトで、ヘルスなどのようなバック率を導入したお店は聞くところにはない』

『当たり前の話だが、売上の継続ということを考えれば、一人の男性と出会い、そのまま愛人になって、倶楽部を退会して興味を示さなくなってしまうのは痛手である』

『せっかくの人気嬢がわずか10万円の売上で足を洗ってしまうのは機会損失であることから、月に1回は定期的に新規の男性のオフォーを受けてもらいたい』

貴子はすっかり経営者の目線になっており、応募に来る女性は全員、貴子が面接し、適正や女性のランクを決めていた。

食事だけの女性でもS級レベルであれば、もちろん、入会をさせるが、どうしても男性陣は体目当てが多いことから、すぐにその日にホテルに行くことができるソープ嬢やピンサロ嬢にも貴子の人脈で続々と入会させ、紹介制度も使い、気付いてみれば、瞬く間に厳選した女性、総勢200人近くが集まった。

なお、一人女性社長経営となると、なめられること、面接やスカウト対応を一人でやり遂げるには時間的にも無理があることから、問い合わせやトラブル対策として1人、広告対応として1人、HPやSNS担当カメラマンとして1人を雇い、瞬く間に夜の街、六本木に「倶楽部R&T」を立ち上げた。

決意

邦夫はラウンジで待ち続けている。

どうも日川のもう1件の飲食の時間が伸びているらしい。

何せ、誰もが知っているアスリートの日川とサシ飲みをするのであるから、会う前から興奮もしていることもあり、待つことは苦にならなかった。

ただ、日川が希望しているこのお店において2点だけは意識して待っていた。

『日川の好みのキャストと出会えるだろうか』

『マスコミはもちろん、他の客に目撃をされることは絶対にあってはならない』

日川にはタクシーで店前に横付けするよういい、目撃者が出ないよう店長には入り口から個室までのガードをお願いしている。

「本当に来るのですか。もう30分も過ぎていますが」

店長は疑いを持ちつつ心配をしている。

「前の取材なのか食事会が長引いているんですよ」

「連絡がマメに来るから、バックレはないし、そんな事をすれば、代償を払うことになると思うよ」

「万が一、来なくても既に伝票は立ててもらっているし、ヴーヴ1本くらいは頼むよ」

その言葉を聞いて安心した店長の姿を見て邦夫は苦笑いをした。

「有名人が来店するよりは、結局は売上、お金が全てだな。ましてや夜の世界だから当たり前か」

そんなやり取りをしているとＬＩＮＥが来た。

「今、下にタクシー着きました。どうすればよろしいですか？」

どこまで、お坊ちゃまというか、いったい、何様なんだろう。

少し腹を立てながらも邦夫は言った。

「車内で待機して下さい。店の者を迎えによこします」

邦夫もＶＩＰルームの入り口まで出て日川を迎え入れ、

郵便はがき

料金受取人払郵便

新宿局承認

2523

差出有効期間
2025年3月
31日まで

（切手不要）

160-8791

141

東京都新宿区新宿1－10－1

（株）文芸社

愛読者カード係 行

ふりがな お名前		明治　大正 昭和　平成　　年生　　歳
ふりがな ご住所	□□□-□□□□	性別 男・女
お電話 番　号	（書籍ご注文の際に必要です）	ご職業
E-mail		
ご購読雑誌（複数可）		ご購読新聞 新聞

最近読んでおもしろかった本や今後、とりあげてほしいテーマをお教えください。

ご自分の研究成果や経験、お考え等を出版してみたいというお気持ちはありますか。

ある　　ない　　内容・テーマ（　　　　　　　　　　　　　　）

現在完成した作品をお持ちですか。

ある　　ない　　ジャンル・原稿量（　　　　　　　　　　　　　　）

書　名					
お買上 書　店	都道 府県	市区 郡	書店名		書店
			ご購入日	年　　月　　日	

本書をどこでお知りになりましたか?
　1.書店店頭　2.知人にすすめられて　3.インターネット(サイト名　　　　　　　　)
　4.DMハガキ　5.広告、記事を見て(新聞、雑誌名　　　　　　　　　　　　　　　)

上の質問に関連して、ご購入の決め手となったのは?
　1.タイトル　2.著者　3.内容　4.カバーデザイン　5.帯
　その他ご自由にお書きください。
(　　　　　　　　　　　　　　　　　　　　　　　　　　　　　　　　　　　　　)

本書についてのご意見、ご感想をお聞かせください。
①内容について

②カバー、タイトル、帯について

弊社Webサイトからもご意見、ご感想をお寄せいただけます。

ご協力ありがとうございました。
※お寄せいただいたご意見、ご感想は新聞広告等で匿名にて使わせていただくことがあります。
※お客様の個人情報は、小社からの連絡のみに使用します。社外に提供することは一切ありません。

■書籍のご注文は、お近くの書店または、ブックサービス(0120-29-9625)、セブンネットショッピング(http://7net.omni7.jp/)にお申し込み下さい。

「こんな感じのお店です。このＶＩＰルームのフロアは貸し切りで自分と日川さんだけです。あとは、この後、キャストが何人か来ますのでお話をして頂ければいいと思います」

と邦夫は説明すると同時に店長にベルエポックを注文した。

キャストが来る前に早速、邦夫は質問を日川にぶつける。

「ぶっちゃけ、岩本さんのお店のＰＲには日川さんはどれくらい力を入れて頂けるんですか？　事業計画書の詳細な説明がなかったものですから、私もさすがに不安なんですよね」

その問いに日川は答える。

「私は居場所づくりやら自分のお店が欲しかったんで、即、賛同しました。もちろん、やるからには気合を入れて、集客に寄与するよう頑張りますよ」

と答えさらには、

「また、この先、お店を維持するために、資金がショートするようなことであれば、私がいくらでも追加で出資しますよ」

と熱く語る。

『やはり、本気なんだ。これ以上、自分が参加するかどうか悩むやら検討する必要はないかな』

邦夫は日川のオーラに包まれた感もあり、ついに出資の決断をした。

シャンパンが来ると同時にキャストも店長の計らいなのか2名の来客にも拘わらず一気に4名が用意された。

キャストもすぐに気づいたみたいであった。

VIPということもあるが、何せこの広さに2名しか客がいないし、直々にVIPに行くように指示されたことから、一般客ではないことは普通に考えれば予測できる。

「日川さんですよね」

「どうしてこのお店にいらっしゃったんですか」

「今は日本にいるんですか」

「次回も優勝できそうですか?」

怒濤のキャストの質問に、日川は4人のうちの1人の女性にだけ顔を向け、

「自分のこと知っているの?」

「嬉しいな」

「ちょっと誘われて来ました」

「今月まで日本にいます」

「うん。次も勝ちたいな」

と酔いもあるのか一気に日川は答えた。

その光景を見ていた邦夫は心の中でつぶやいた。

「非常にわかりやすい。何せ、4人のキャストがついているのに、体や顔の向きは一人の

女性にしか向いていない」

　同時に店長には、

「他の3名のキャストは退席してもらって、あの子だけついてくれればいいので、少なくとも1時間は他の席に抜かないで下さいよ」

　卒なく2本目はアルマンドゴールドを注文した。

「次の試合も応援しています」

「よかったら連絡先やらLINEを聞いてもいいですか？」

　キャストの問いかけに唯一のタイプの女性であったことから頷くと同時にQRコードを提示している日川の姿を見て邦夫は安堵した。

　何せ、事前に一切の情報もないし、異性の好みほど、人それぞれであるのは言うまでもなく、一応、次なる店の準備も用意していたほどであったのだから。

「邦夫さん。この後はどうしますか。自分はまだ飲みたいです」

　自分から誘い、いくら、私の方が年上であっても、個室にシャンパンで一撃50万の会計近く払わせといて、

「いくらでしたか？　ご馳走になりました」

　というような台詞はなく、まるで当たり前のように次のお店の要求までしてくるのは、皆がそうしているから当たり前なのか、それとも、天下のアスリートからの要求に応えるのが当然と思っているのかわからないが、邦夫自身は今まで受けたこともない要求の流れ

であったことから、少しむっとしながら答えた。

「えっ？　ひょっとして抜きたいですか？」

と皮肉を言ったり、

「地元のバーであれば帰りがてらご案内します」

と日川の期待をかわす返事をした。

邦夫からしてみれば、終わりのないキャバクラやらラウンジでも、2軒目も行こうものなら、さらにいくらのお金がこれ以上必要になるかもわからないことから釘を刺すように続けて言った。

「明日は、普通に私は出勤ですから、時間的にそんなにお付き合いできないですよ」

「わかりました。今日は地元のバーで飲みましょう」

と日川からは残念なトーンでもあったことから、本当は、この隣にいるキャストとアフターあるいは、さらなる別のお店に行きたかったのであろう。

決して、次は私が奢りますというような台詞はない。

移動のタクシーでは、案の定自分勝手な下衆の言葉が出てくる。

「邦夫さんの地元のバーには女性はいるのですか？　来月は西麻布の個室はどうですか？」

無言の反論もせず心の中で、

『こいつは、俺のことをATMとしか思ってないなあ、日川に限らず、チヤホヤされているアスリートは皆、こんな感じなのか？　イメージはやはり作られるな。

しかし、こんな奴でもお店の成功には欠かせないピースであることには間違いないから致し方ないのか』

邦夫にとって、日川は既にアスリートとして尊敬する存在ではなく、単なるたかり屋になった時でもあった。日川は地元のバーでも調子よく言う。

「邦夫さん、3人で会社を立ち上げ、やりましょう。歌舞伎町で是非とも成功しましょう。六本木や銀座に支店も出しましょう」

と再び熱く問いかけられ、邦夫は渋々答えた。

「最後までよろしくお願いします」

しかしながら、この時に把握した日川の女好きにしっかりと警笛を鳴らしておけば、この後のマスコミを騒がす事件を起こすこともなかったであろう。

攻勢

プレオープンした歌舞伎町のバーには日川もサプライズで登場し、盛大な会となり、ベルエポックやドンペリが次々に空き、売上はご祝儀もあり、初日はわずか4時間の営業で200万円近い金額となり、きらびやかな門出となった。

また、翌日は邦夫の人脈である投資関係者が続々と集まり、驚くべきことに億トレの友人からはアルマンドブラックも出て、売り上げは初日の2倍の400万円となった。

このあたりは何せ、日経平均も堅調であり、続々と先物で数千万円を稼げるトレーダーが誕生しており、何より投資家の羽振りもよかったこともあった。

さらには邦夫が少し席に着くと、

「頼んでないけど」

「あちらのテーブルの方からです」と言われ、眼を移すと、ずいぶん若い輩達が派手にやっていた。

場所柄もしれないが、間違いなく、堅気の人間でないことから、そんな時でも邦夫は警戒をしつつ、恥をかかさないようにグラスには口をつける。

何せ、邦夫は、それなりの成果を出しており巷では、カリスマ投資家とも言われていることから、資産運用の依頼などされたらいろいろ面倒である。

もしくは、邦夫の正体を知れば、逆に邦夫からお金の無心でもされればいろいろ面倒でもある。

だからと言って、店内のキャストに手を出したり、暴れて他の客に迷惑をかけない限りは、断る理由がないことから、席について丁寧に接客をする。

このあたりは、ホストやキャバクラと一緒である。

「どこかでお会いしましたか？」

「アドトラックの宣伝を見て、これは一度、行ってみたいと思い、早速、来ました」

「ありがとうございます」

「もしよければ、プライベート用なら個室もありますのでそちらをご案内しましょうか。今日はこのような状況ですので、少し、騒がしいこともありますし」

　初対面の邦夫にいきなり、シャンパンを御馳走する客であるから、それなりのお金があると睨んでの邦夫の台詞だった。

　実際に革靴は輝き、腕時計も素人の自分から見てもダイヤがちりばめられているから、軽く8桁はするから、まず普通のサラリーマンでは購入することはできない。

「書籍とTシャツをプレゼントします。不要でしたら、メルカリで売って下さい」

と笑いを取りつつ、リピーターとして来てもらいたくプレゼントをした。

　返報性のルールを利用してのものだが、最終的にそのお客はシャンパンを3本も空けていた。

「邦夫さん。この2日だけで売り上げが600万円。これだけで家賃と人件費はもちろんのこと、仕入れもペイできます」

「残りの営業日の売上がほぼ儲けになりますよ」

「いや、さらにお店の改装、PRにお金をかけ、アルバイトも増やしましょう。ガンガン行きますよ。

　この街で勝負をして正解でした。来年は六本木、最後は銀座を目指しますよ」

と岩本が興奮するのも無理もなかった。

とにかく、堅調なスタートを切ったことだけは事実であった。

上昇

貴子の倶楽部R&Tは、コロナ渦ということもあったが、競合他社にはない女性へのバック率の高さが功を奏し、収益の源となる女性会員はさらに増え、男性会員の入会金、年会費、セッティング料で、月の売上は軽く8桁近くなり、ピンサロ、キャバクラ、ソープ時代にもありえなかった大金が入るようになった。

しかも、自分自身が色恋や身体といった対価を献上することなく、お金が得られるのであるから、これほど素晴らしいことはなかった。

さらには、人気がある女性については、キャバクラやホストの表彰制度の真似をして、別途、ボーナスを上げたり、逆に人気がない女性については、いろいろ売り上げる為のアドバイスをしたり、時には美容整形の医者を紹介し、その整形代まで立て替え、とにかくキャストの心だけはしっかり摑むようにしていた。

このあたりの懐柔術は貴子の今までの経験からすればお手の物でもった。

登録する女性の職業は、学生、OLが最も多いが、モデル、キャバクラ嬢、ヘルスやソープ嬢もいる。

年齢は20歳以上にしているが、見かけではわからないことから、実年齢が60歳まで登録していたのであった。

さらには、貴子の店では、プレミアム女性として、グラビア嬢や地下アイドルといったところの顔出しNGでのセッティングも可能としていた。

何せ、通常では会うことができない、テレビやステージの向こう側にいる女性と話せるのだから、ひっきりなしにアポイントが入る。

このあたりは、峠を越していたり、売れていないグラビア嬢や地下アイドルにとっては、本業の稼ぎの5倍近くが食事をするだけで貰え、身体まで許せば10倍近い収入になるのだから、顔バレさえなければ、美味しい仕事になる。

「絶対にバレないようにしたいんですが」

「男性会員は限定します、ご安心下さい」

と女性会員には伝え、

「体調を崩しておりまして」

「スケジュールがなかなか空かなくて」

とやや信用が劣るやら実績のない男性会員にはお断りをして、とにかく社会的地位もあり、潤沢にお金がある男性会員のみ貴子が厳選して紹介していた。

さらには、そのまま裏引きをされると貴子の店での稼ぎがなくなることから、女性会員にはここだけの話として、

「お薦めの男性会員が入会しました」

「今より、お小遣いをくれる男性がいます」

と個々に女性会員にアプローチをし、逆に男性会員には、

「今度、新たに誰もが知っているあの元アイドルが入会しました」

「一世を風靡した人気グラビア嬢が入会しました。早いもの勝ちです」

と薦めれば、すぐにオファーがあり、次々と高額なセッティング料が入金され、貴子の店の売上は時間と共に増えていったことは言うまでもなかった。

予兆

「日川さんには贔屓にしてもらっています。一人で個室に来ています」

と店長は言う。

「えっ？　一人で」

「LINEは交換していたから、お気に入りだとは思いますが、そんな繁栄に来ているの？」

邦夫は返答をしつつ、

「しかも日本には数日しかいないのに、練習の合間に行っているのか。しかし、そんなに奇麗だったかな。若さがよかったのかな？」

と疑問を持ったが、

「まあ、このようなラウンジも慣れているし、マスコミ等の目撃さえあわなければいいか。それで本人のモチベーションが上がって、成績も上がればそれはいいことだし」

と考えていた。

実際に、ラウンジで会った後の日川の海外での試合成績もよかったが、すぐに邦夫は思い返した。

「日川が優勝してメディアにも取り上げられ、天狗になるのもわからなくはないけど、嫉妬や妬みもある世界だから、どこで足元をすくわれるかわからない。とにかく敵を安易に作るべきではない」

「どう考えても、ドンペリ片手にラウンジで、若い女性と二人で飲食しているなんて、誰かが隠し撮りでもしたら、格好の週刊誌の餌食になるではないか」

しかしながら、そんな邦夫の思いも知らず日川の方はすっかりはまっていった。

確かに日川は言っていたな。

「こんなタイプの子は今までで初めてです。次の再会がめちゃくちゃ楽しみです。遠征から帰ったらすぐにでも会いたいです。邦夫さんには素敵な出会いを与えてくれて感謝しかありません」

実際に日川は、キャストの結菜と会えば、自然に顔はほころんでいた。

こんなかわいい子に好かれることは今までの練習漬けの人生で一度もなかった。確かに今の妻も同じアスリートという共通点はあったが、恋愛感情が強くあったかというと自信はない。

また妻が、自分が合宿や遠征中に夜な夜な出かけているのも人づてに聞いており、自分以外の男と関係を持っているのではないかと疑っている。

証拠さえ摑めば、妻側の不貞行為として、うまく別れることができるのではないかと考えている。

そのような中、結菜と店で会えば、次の出勤日を訪ね、遠征先の海外土産のリクエストまで聞いていた。

挙句の果てには、

「練習が終わって、今、ホテルにいる」

「マッサージをしてほしい」

と部屋への誘いまで行っていた。

結菜自身も日川の誘いであれば、一番の太客であり、断る理由もなかった。

日川としては、深夜にわざわざタクシーでホテルの部屋に深夜に来るということは、マッサージだけで終わることは考え難く、部屋に入れば、流れのままに体を求められることは、素人ではあるまいし、夜のラウンジで働くキャストであれば、そのあたりは察っしているだろうという読みはあった。

日川がマッサージをされながら仰向けになった時に抱き寄せると結菜は言う。

「日川さん、奥さんいますよね」

「うん。でも離婚も視野に入れている。スポンサーの絡みがあり、次の大会が終わるか、自分が現役を引退するタイミングになると思うけど。相手の不貞行為の証拠集めやら、慰謝料の関係で、時間がかかるかもしれないけど、自分と真剣に付き合ってほしい」

いつものようにすぐにでも結菜を求めたい日川は真剣な思いを伝えた。

企み

「貴子さん、相談があるんですが」

唐突に結菜から言われた。

「お付き合いしたい相手ができたから倶楽部を抜けてもいいですか」

結菜は貴子の店にとっては、デートへのオファーが多い売れっ子の稼ぎ頭の一人であったことから、安易の了承は避けたいこともあり、理由を尋ねた。

「実は、あのアスリートの日川さんから交際を求められていて」

と言うので貴子は、

「えっ、日川は倶楽部には男性会員として登録はしてないわよ」

「はい。ここの倶楽部で知り合ったわけではないんですが」

結菜が答えると、

「あっ、そういう事ね。でも、日川って結婚しているし、結菜ちゃんも同棲している彼がいるじゃない」

と貴子が聞くと、

「まあ、彼氏がいてもこの倶楽部でパパ活をばれないようにしているし、複数の方と会うよりは日川さん一本のお付き合いの方がお金にもなるし、安全だし」

と素直に回答した。

そこまで言われると、結菜の倶楽部の脱会は致し方ないことである。

「日川とはどんな感じで付き合っているの？」

「週にどれくらい会っているの？」

「もう一線は超えたの？」

「お小遣いはどれくらいもらっているの？」

と聞きたいことは山ほどあったが、貴子は結論だけを伝えた。

「結菜ちゃん、わかったわ。まだまだ続けて欲しかったけど、相手が決まれば必要はないし、また別れたら戻ってくればいいからね」

「大丈夫、こんなチャンスは絶対に逃さないわ」

「切り札も用意もしているし」

「切り札？」

貴子は怪訝そうに尋ねる。

「貴子さんもよくご存じのとおり、男は飽きっぽいやら使い捨てをする奴が多いし、そもそもヤルまでにはたくさんお金を使うが、いざ、一線を越えると、次からお金をディスカウントしてくる奴もいる。まあ、釣った魚には餌をやらない典型パターンですよ。そんなことをさせないために切り札やら保険をかけているだけです」

「結菜ちゃん、もしかしたら、その切り札やら保険って……」

「貴子さんももうわかっているでしょう。私だって必死だし、自分が今の若さだからモテるというか人気があるのはよくわかっています。だから今、この時に稼げるだけ稼いでおくんですよ」

結菜は雄弁に言う。

確かに夜の世界で足を洗う時を見誤り、全盛期なんか当の昔に過ぎているのに、ズルズル浸かっていた自分の姿が思い起こされる。

もし、私も結菜の言う通り、30歳を前に、それなりの男を得て、経済的自由を得て入ればこんな苦労はしなかったと思っている。

「それはわかるけど、結菜ちゃん、変な事を企んではないよね。この世界に限らず、お金のトラブルは多いから気を付けてよ」

貴子が言うと、

「貴子さん、今までお世話になりました。もう倶楽部とは関係ないし、私が何をしようが、貴子さんに迷惑をかけることもないし、貴子さんの許可も必要ないですよね」

と、結菜は勝ち組のような表情で語り去っていった。

再会

出資している2つの店舗の売上が順調なスタートをしている一方、邦夫の一番の稼ぎ頭である株式投資においては、苦戦が続いており、一向にパフォーマンスがあがらないことから、投資のヒントを求め、投資家が集まる夜のパーティーやオフ会には積極的に参加をしていた。

コロナ渦も峠を越したこともあり、そのような会は各地で行われ、邦夫自身もいくつもの書籍を出版し、投資の世界でも知られていること、ポスト上がりの接客もあって、時には会員制倶楽部のVIルームで上場企業の社長を紹介され、アルマンドを潤沢にキャストと一緒に振舞われることもあった。

「今度の決算は絶対的の自信があるんですよ」

「増配するか新たな株主優待も新設しようかな」

とそんな話を平然と社長が言う。

『そんな話を聞いて、ここで私が買えば、確実にインサイダー取引でお縄になる』

と思っているのに、社長とそれなりの関係がある女性や自称実業家達は大きく頷き、

「いいですね」

「これから買い集めますね」

と平気で言う異常な世界であった。

『これはインサイダー取引で絶対に負けない投資法だけど、この人達は捕まらないのだろうか？』

と邦夫は疑問に思ったが、この話を聞いて実際に株式投資をしたというような証拠さえなければ捕まらない。つまり、自分自身の口座名義で売買をしなければ、まったく証拠は残らない。

このあたりは、極端な話、自分の愛人や友人、あるいは遠い親戚や自分が関与していない法人で買い付ければ、間違いなくインサイダー取引で捕まえることはできない。

そんな思いを社長は邦夫の顔の表情から読み取ったのかもしれない。

「大丈夫ですよ。私と邦夫さんがつながっている証拠やら事実は何一つありません。ましてや飲み屋での会話ですよ。一切の証拠はありません。

それでも、不安であれば、邦夫さんの親しい友人や奥さんの両親の口座で購入すればもう繋がりなんて絶対にわかりません」

と言われる。

また別の日には、投資顧問業をしている方から、

「この株を明日から一気に上げていきますので、信用も使って一緒に5000万ぐらい買い上げませんか？

2日連続ストップ高になったところで、集まった買いに一気に売りをぶつけましょう」

と言われ、邦夫は、

「えっ？　それは株価操縦になったりしないのですか。

そもそも2日連続ストップ高になって、さらに、売り抜ける厚い買い板はできますか」

と聞けば、

「株価操縦を疑われるのが心配であれば、自身の口座でなく、邦夫さんの場合なら愛人や友人口座でやれば足がつきません。

そのあたりは大丈夫です。本尊がしっかりとさらに上値まで上げますし、ネットで一気に拡散させますよ。買いが買いを呼ぶみたいな」

とインサイダー取引と似たような事を言いさらには、

「この手法で成功している仲間も今度紹介しますよ」

と真顔で答えが返ってくる。

「お気持ちだけで大丈夫ですよ」

といくら株式投資の口座が今一つであっても、今の自分がそこまでの危険を犯すことはないことから断りながら、会場の出口に向かった時に声をかけられた。

「邦夫じゃない。どうしてここにいるの？」

　顔を見上げて邦夫は驚いた。

「貴子。貴子こそなぜにここに？」

「実は、事業を起こしてからあそこにいる社長とも知り合いになってね」

　貴子の答えに、

「そうなのか。ひょっとしたら貴子は株式投資もやっているのか？」

　と邦夫は尋ねる。

「うん。社長の言う通りやると儲かるから、お世話になっているわ」

「邦夫も手法は聞いたでしょう」

　貴子は胸を張って言う。

「それはそうだけど……」

　とインサイダー取引の話をしても貴子には無駄と思ったのでそれ以上は言わなかった。

「邦夫の株式投資の調子はどうなの、それなりには儲かっているの？」

　と貴子から言われた時には、先日までスマホが止められそうで、５０００円を貰うだけでも有難がっていた貴子と同一人物とは思えなかった。

　さらには上から目線で、

「この社長の情報以外からも最近、懇意にしている人がこの株だけはすぐに買っておけば儲かるっていうから貰ったわ」

　貴子はその会社名を冗舌に言う。

「この会社なんだけど邦夫も知っている？」

邦夫は笑いながら半信半疑で、

「もちろん、知っているよ。分配金が高いインフラファンドだね」

「インフラファンド？」

「ちょっと株式投資の銘柄と異なり、投資家から資金を集めて再生可能エネルギー発電施設や空港といったインフラに投資し、その施設から得られる賃貸料などを基に分配金を支払うファンドのことだよ。この銘柄は太陽光発電に投資しているね」

「詳しいことは私にはわからないけど、普通にネット証券で言われるままとにかく買いまくったわ」

「インカムゲイントしては確かにお薦めだけど、このタイミングで買わなくても、分配金の確定月がまだ先だし、日経平均が暴落したときや、増資をしたタイミングで、下値で購入した方がいい感じがあるかな」

と自分なりのコメントをした。

衝撃

いつものように邦夫は、帰宅後に東証の適時開示情報を一つずつ確認しているが、思わず声が出た。

「えっ！　このＴＯＢ、貴子の言っていたやつだ。嘘だろう。

あっ、明らかに貴子が購入した日から数日、出来高が増えている。これがカラクリか。

まさか、インフラファンドでＴＯＢがあるとは。つまり、貴子というかそれを伝えた奴は、ＴＯＢされ上場廃止になるという事実を知っていたのか。

20％のプレミアムがついている。少なく見積もっても１０００万円の購入で２００万円。信用取引の枠なら３０００万円で６００万円、いや出来高や信用取引の買い残が増えていることを考慮すれば、５０００万円くらい貴子は購入しているかもしれない。

まじか。わずか２週間で１０００万の儲け」

邦夫は驚きの中、貴子に連絡を取った。

「あのインフラファンドは分配金狙いでなく、ＴＯＢで高値になることは知っていたの？」

「よくわからないけど、損になることはないから、とにかく1日２００万円を限度に買えるだけ買えって言われただけだから。

全て、指示とおり。いい儲けになったわ。全部が自分の儲けになるわけでないけど」

邦夫は貴子の話を聞きながら尋ねる。

「その懇意にしている客は証券会社勤務か何か？」

「証券というか外資の投資銀行って言っていたわ」

貴子は答えた。

邦夫は頭の中を整理した。

『カラクリがわかった。この外資の銀行マンは、1口10万円のインフラファンドが12万円でTOBをすることがわかっていたから一足先に貴子に買えとリークしたのか。さすがに貴子の口座で買えば、会社とのつながりは一切ないことから、客からの噂話しを聞いた程で、おそらくインサイダー取引を逃れられる目算だ。

いや、そもそもこのような売買がインサイダー取引で法に触れるなどという知識は、貴子は持ち合わせていないことから、摘発されれば、正直に飲み屋で知り合った客から聞いた銘柄を買っただけということで、司法の判断に委ねられ、無罪になるかもしれない。いずれにしろ、その客が貴子との関係を言わない限り、当局には一切の証拠はない。日々、それなりに出来高がある銘柄でもあるし。

全部の利益が貴子の儲けになるとは言っていなかったから、株の購入資金もその投資銀行の奴が融通しているかもしれない』

邦夫は最後に貴子に言った。

「そうなんだ。凄いね。自分は全然、稼いでいないからまだまだ頑張らないといけないな。いろいろお話を聞かせてくれてありがとう」

危機

「店長が売上をちょろまかしています」

出資者の邦夫に一報があった。

「近々に彼の罪状含め、臨時株主総会を実施します」

との連絡があった。

『カレー屋の日々の売上を着服していたとしても金額としてはたかが知れているのではないか。売上以外にも仕入れ、あるいはもっと大規模な使い込みやら着服や横領があったのではないか』

とわざわざ招集までかけることとの大きさに邦夫は不安を感じていた。

案の定、当日は思わぬ事実が次々に伝えられた。

一番の驚きは、代表島田の個人的流用が問われ解任決議が可決されたことであった。

代表島田が他のビジネスの資金繰りが悪化し、その補塡として、カレー屋の資金を流用していた事実、そして、店長への給料の未払いがあり、その結果、店長が売上金を着服したということが今回の顚末であった。

しかも、島田がいない欠席しての決議ということもあり、具体的な質疑はなく、今後は島田に流用した金銭の返還を求めること、店長に対しても、気の毒な面もあるが、給料以上分に着服したお金は返金させる旨が決まった。

また、当然の事ながら、島田に替わる次なる代表が淡々と選出されたところであった。

しかし、何よりの懸念は、カレー屋の売上が、一時ピークから下がる一方で、このままでは資金繰りも底をついてしまうような経営状況になってしまい、他支店への出店計画も今は白紙になっているという事実を知らされた。

さらには、このお店の売りとなる燻製工場においては、近隣住民から臭気のクレームが裁判沙汰になりかねないレベルとなり、移転を迫られる状況になっていた。

配当は年1回、支払われることから、月次の業績含め、全くと言っていいほど、カレー屋の状況を把握していなかった事は出資者としては失格であった。

島田を信用していたこともあり、バーの経営や株式投資に時間をほぼ割いていたこともあり、このような状況になっているとは思わず、すっかりノーマークであった。

いずれにしろ、カレー屋については、新たなお金が緊急に必要なことから、追加出資の依頼もあったのだが、皆は口に揃えて言う。

「追加出資した場合の今後の事業計画が見えない」

「金融機関からの融資はできないのか」

「そもそも新たな出店もなく、売り上げが回復やら伸びる要素はあるのか」

それに対し島田に代わる代表は、

「まずは本店含め、今の売上をこれ以上、下落しないようにします」

「その上で金融機関からの融資を頂き、新店舗を出したい」

「工場の移転先はいくつか検討しています」

との答えであった。

邦夫から言わせれば、

『結局のところ、その場しのぎで何一つ、具体的な対策やら回答はない。こんな受け答えでは誰も追加出資はまずしないだろう』

と思っていたが、驚くべきことに、新代表と他2名の合計3名が追加出資をしたところであった。

つまり、この3名が過半数以上の株数を保有したことから、実質の経営を握ることになった。

『島田にしてやられたのか。

先払いの配当ですっかり信用してしまった自分が甘かったのか。わずか数ヵ月でこんなことが起きるのが店舗への出資の世界なのだろうか。株式投資以上にリスクがあるのか。

この先、このカレー屋はどれくらい経営が維持できるのだろうか。上場の話なんて、もう無理だろう。

こうなってしまった以上、当然、自分というか株主への配当はまず期待できない。経営においては、単なる出資者であるから、後は傍観するしかないのか。まだ、2000万円の5%の100万円しか回収できていない』

邦夫はいろいろ考えれば考えるだけ憂鬱になっていった。

罠

「結菜、仲良く写っているこの写真、あのテレビに出ている日川か。店で知り合ったのか？」

不意に彼氏から言われ動揺をした。

「お前、日川と付き合っているのか」

「別に関係ないでしょう」

「いや、おかしいだろう。俺がいるのに」

「お金のためよ」

「そもそもラウンジで働くのもお金のためなんだから」

「それはそうだけど、色恋でなくエッチまでするのか」

「なんでそんなことまで知っているのよ」

「簡単にかまをかけたんだが図星か」

「ふざけるな」

と彼氏に言われたが結菜は怯まず

「あくまでもお金のためよ」

と言い返す。

「ぽっと出のアスリートがこんな不細工顔でお前と本気で付き合うと思っているのか。だいたい、日川はお前に彼氏というか俺の存在は知っているのか」

と問い詰めれば、結菜は、

「知っているわけないじゃない。ちょい、色恋のＬＩＮＥをしたらイチコロよ。エッチなんて、下手すぎて、芝居をするのが大変よ。でも、あいつは、お金は持っているわ。店でもたいして飲めないくせに、見栄でシャンパンを数本入れるし。大金を得るチャンスなのよ。協力してよ」

と一気に言う。

「協力って、いったい、何をするんだよ」

いぶかしる彼氏に対し、

「ストーリーは考えてあるから貴方には受け子をして来てほしいの」

「ストーリー？　受け子？」

食い入るように聞くと結菜は淡々と言う。

「そんなに難しい話じゃないのよ。いたって簡単よ。

貴方と私の関係が彼氏にばれてめちゃ怒っている。彼氏の知り合いには週刊誌の記者もいるみたいで、写真やＬＩＮＥが流出しそう。どうしよう。私も謝るから、日川さんも彼氏に謝ってほしい。

　こんな感じでどう？」

　彼氏は、

「お前も役者だな。で、日川から謝りが来たらどうする？　素直に受け止めるだけじゃないよな」

　と言えば、

「うん、ここからは、慎重に言葉を選んで次のように言うのよ。

日川さん、逆の立場だったら心境はどうですか。自分の妻が他の男とエッチしていたら。

言葉の謝罪だけで許せますか。

そして、間を空けて次のように言うの。

自分は結菜と貴方の写真はもちろんのこと、この関係の成りそめや貴方からの誘いのLINEやらショートメールは全て保存してあります。もちろん、お互い合意の上での肉体関係ですので、貴方の奥さんから結菜が訴えられる可能性もありますが、ここは大人の誠意やら対応が私にほしいですね。あっ、私は別に貴方のファンでもないですし、とにかく妻帯者の貴方に自分の彼女をある意味、寝取られたということだけです。

　そもそも大胆にも自分が宿泊しているホテルに結菜を呼び出し、マッサージをお願いして、挙句の果てに抱き寄せたらしいじゃないですか。結菜も貴方みたいな大柄の男性に急に抱き寄せられたら、逃げることもできないし、怖くて服従するしかなかったんじゃないですか。

自分の彼女がこんな目にあって悔しいし、こういうケースの慰謝料がいくらぐらいか専門家に聞きたいくらいです。

いい、絶対に、こちらから、具体的な金銭の要求をしてはいけないの。あくまでも日川の謝罪の元の慰謝料を得るのが目的だから。

絶対に払うわ。何せお金は持っているし、この時期に週刊誌の餌食になれば、計り知れないダメージを受けるのは間違いないから」

結菜はストーリーの全貌を言った。

「結菜、お前、凄いな。やはり女は怖いわ。

たしかに難しい話じゃないし、俺はある意味、被害者として交渉すればいいのか。簡単にお金が得られそうだ。

明日にでも日川にＬＩＮＥをしよう」

相談

突然、日川からの連絡があった。

「邦夫さん、すいません、困ったことが起きました、脅されています」

「えっ？　誰に、何を？　と言うか、何をやらかしたの？」

心当たりがない事から邦夫は聞き返す。

「邦夫さんに連れて行ってもらったお店のキャストです」

「うん？　全然、意味がわからないし、あの店の誰から？」

「はい、あの時に席に着いたキャストから脅されました。正確に言えば、その彼氏からです」

「えっ、キャストの彼氏って？」

と聞く。

「実は、自分のもろ好みでこんな機会は今までなかったものですから、邦夫さんには内緒で、あれからせっせと一人で通っていました」

邦夫は店長から繁栄に通っていたことは聞いていたが、あえて惚けて聞き返す。

「そ、そ、そうなんだ。別に日川さんが誰と会おうが付き合おうが自分に報告する義務はないし、全然、構わないよ」

「でも、それだったら、単にお店で会っているだけで、どうしてそのキャストの彼氏から脅されるの？　そんなんで脅されていたら、誰一人、キャバクラやラウンジなんて行けなくなっちゃうじゃないですか」

邦夫の正論に言い難そうに日川は言う。

「実は……。お付き合いをしてましたて」

「どういう意味？　告白でもしたの？」

「はい。とても好きになり、真剣に付き合ってほしいと言いました」

「えっ？　日川さん、奥さんいるじゃん」

　まさかの急展開を聞いて、邦夫は日川に対し、タメ口になっていた。

「離婚を前提にしています。もう店内だけでの関係でなく、店外でも会って、宿泊しているホテルにも来てもらいました」

と日川は言う。

「なるほど、で一線を越えたわけか。まあ、でも、お互い同意の上でお付き合いをしているから脅されることとなんかないんじゃないの？」

「はい、そのとおりなんですが、結菜ちゃんには彼氏がいたみたいで」

「あっ、キャストの名前は、結菜っていうのね」

「で、具体的に彼氏は何を言ってきているの」

邦夫は聞く。

「結菜からは、彼氏に貴方との関係がばれて、めちゃくちゃ怒っている」

というような内容で、結菜の彼氏からは、

「妻帯者の貴方に寝取られてショックだとか、慰謝料がいくらか知りたいとか。

そして、私の友人に週刊誌に知り合いがいます。一度、お会いできませんか。17時までに返事がなければ出るとこに出ます。貴方の奥さんから結菜が訴えられても私は構いません」

日川はＬＩＮＥの文面を読み上げた。

「えっ？　時間は既に17時を過ぎていますよね」

と邦夫が聞くと
「はい、先ほど、またＬＩＮＥが届いています。

『19時までは待ちますが、私と会って頂けないという理解でいいですね』と最終通告をもらっています。邦夫さん、どうすればよろしいでしょうか？」

これが自分が憧れたあのスターかと思えないほど、弱々しい声で聞いてくる。

「とりあえず、日川さん、写メですべての文面を送って頂けませんか。もし、脅迫にあたる文面やら内容があれば、こちらにも考えがあります」

と邦夫が言うと日川は、

「お店の店長に会った方がいいですか？」

「えっ？　店長？　どう考えても関係ないでしょう」

「お店がグルとかありませんか？」

「いやいや、どう考えても発端はその女でしょう。今後の相手の出方を確認するにはまずはその女ですよ」

邦夫が言うと、

「結菜ちゃんは悪くないと思います。悪いのはその彼氏でお店も絡んでいます」

邦夫は唖然とした。

『こいつ、どこまでめでたいのか？　まだ、ここまでのことをされてまだ女性を信じるやら庇うやら、馬鹿としかいいようがない。典型的な美人局だろう』

　と心の中で思い、返答する。

「とりあえず返信も不要ですし、会わなくて正解です。お金が目的なことは、慰謝料の名目の元、週刊誌をちらつかせていることから、誰が見ても一目瞭然です。

　一度でもお金は払ったら終わりです。次なるネタで追加のお金の要求があると思います。この手の奴らはタチが悪いし、お金がある限り、取り続けます」

「えーっ。週刊誌に載りたくないですよ」

　と日川は言う。

「それはそうですが、ここまで来ると逃げられないですよ。おそらく、ＬＩＮＥのスクショはもちろん、日川さんの住所も全て相手は把握していますよね」

「多分、財布や免許証も出しっ放しでシャワーを一人で浴びていましたから。でも、結菜ちゃんは悪くないですよ。この間も海外土産、何がいい？　と相談していました」

　邦夫は繰り返し女性を庇う日川に絶句した。

　挙句の果てに執拗に、

「邦夫さん、お店は本当に怪しくありませんか？　店長と連絡やらお会いできますか？」

　と聞いてくる。

『頭がお花畑としか思えない……。仮に店長がもし暗躍していたとしても一切の証拠はないし、キャストと客の自由恋愛に責任を持つわけがない』

　と思いつつ、

「連絡を取るやら会うことは可能ですが、手っ取り早く、脅迫罪で警察に訴える、いや、まずは弁護士に相談をするのが先かな」

「そうなんですか」

「日川さん、事の重大さがわかってないですよね。貴方は世間で有名なアスリートで妻帯者、当然、お金も持っています。隙あらば、狙われるのは当たり前です」

　と邦夫が言うと、

「邦夫さんが紹介したお店で出会ったんですよ」

　と日川は平然と言うものだから、

「えっ、俺が悪いの？

　そもそも貴方が、素人がいるラウンジに行きたいと言ったんだよ。その後に、自身でお店に通い詰めるだけでは満足せず、同伴やアフターならまだしも、裏引きというか、勝手に宿泊先に呼んで、エッチをしたんでしょう。

　挙句の果てに自宅の住所まで全て知られて」

　とさすがの邦夫も対策を考えるのも馬鹿らしくなり、呆れた口調で言い返した。

決裂

「週刊誌を見ましたか？　出ちゃいました」

日川は邦夫に言った。

「まだ、見ていませんが、このタイミングで出たのですか？　すっかり連絡もないことから、慰謝料も払うことなく、毅然とした対応で一蹴やらケリがついたと思っていました」

と邦夫が言うと、

「私達のお店にも影響があるかもしれませんし、邦夫さんにも取材があるかも？」

と日川は言う。

「お店への影響？　自分への取材？

言っていることがよくわかりませんが、お店や自分にも週刊誌から取材があるのですか？　逆にお店は、話題になってPRをしてもらえばいいし、自分に週刊誌の取材が来ても、基本的に言うことは、なにもないのでノーコメントです。

それとも、私が日川さんをそのようなお店に連れて行った経緯を話して、私が謝罪か何らかしらの罪を被ればいいのですか？　いや、やっぱりおかしいか。単に本人が行きたいから知っているお店を紹介やら一緒に行っただけで罪になるわけがないか。

しかも、飲食代は全部、私が払っているのだから、責められる要素はないか」

日川は黙っている。

「いずれにしろ、今回は、その脅迫に対して、慰謝料などのお金を払わなかったことは正解だし、犯人を捕まえ、イメージを回復させるしかないですね。あとは試合で活躍して、アンチや批判する奴らを黙らせるしかないですよ。この手の話はそんなに長引かないですよ。

もちろん、妻帯者の浮気ということでイメージは悪くなりますが、彼氏と共謀して恐喝をした奴らの方が叩かれますから、早く、女性の実名も出してほしいくらいです」

邦夫は言い切った。

しかし、日川はその後、バーには来ることもなく、一切のＰＲもすることもなく、まるで全くの無関係を装うほどの冷たい対応であった。

さらには今回の週刊誌の記事で、間接的に店も悪いイメージを持たれてしまったことから売上はダウンし、日川の広告塔はなくなり、残された岩本と自分だけで売り上げを回復することができるのか不安は募るばかりであった。

結局のところ、日川はＬＩＮＥ含め、邦夫からの連絡には先日の言い合いの後から全く出ないという徹底したものであった。

『結局は自分が一番可愛いというか、なんだかんだ、無理やり連れて行かれたとか、お店に嵌められたとかにして、自分を守るわけかな。自分がその立場になっていたら、どのような行動を起こしていたか？　当然、こんな脅しには屈しないし、お金は１円たりとも払わないだろう。

そもそも、その前に、そのキャストの周りに彼氏やら筋の人がいるかどうか、安全パイかどうかを確認してから裏引きやら一線を越えるよな。まあ、それでも防げなかったら、初めての浮気みたいなものだから、素直に妻やスポンサー関係には全力で謝り、試合の結果で挽回するな。

少なくてもたかり酒をした相手のせいにはしない。自分は無実を装い、責任を全て他人になすりつけるような奴は逆に許せない。既に歪曲された事実を公表したいくらいだ』

実際に、邦夫はこの週刊誌の事の真意を投資業界や夜の世界で聞かれると、日川の自分だけを守る行動や邦夫へ責任転嫁をされていることを淡々と語ると、

「有名になって、すっかり天狗になって、調子に乗ってテレビに出まくっている奴はまたしばらくすれば、別の女性と問題を起こすよ。こんなことですっぱ抜かれなくても、女性大好きだから週刊誌の餌食になるのは時間の問題だったよ。

体裁を保つために何とか離婚せず夫婦でいられるんだよ」

と逆に聞かされ、邦夫は同調するとともに苦笑いするしかなかった。

撤退

「邦夫さんの株を出資額の20％で買い取ります」

カレー屋の新代表からの提案があった。

「えっ？　20％ですか。さすがに少なくないですか」

「コロナ渦からそれなりに客も戻ってきているのではないですか？」

と邦夫は尋ねる。

「客足は戻ってきておりますが、燻製工場の移転問題も目途がついておりませんし、店長に代わって、私自身が店舗に入って、人件費もギリギリでやっておりますが、キャッシュフローはマイナスです。この状況がまだまだ続くようでしたら、年内で閉める。あるいは売り飛ばすしかないと思っています。

もちろん、邦夫さん含め、追加出資の充てがあれば別ですが、今の状況では、金融機関をはじめ、株主の皆様も誰も今以上の出資に応じてくれません」

と答える。

「ではなぜ、買い取りをするのですか？」

と邦夫が聞く。

「邦夫さんには結構な出資を入れてもらっている経緯がまずはあります。今後、解散ということであれば、お金は1円も戻らなくなるので、今であれば、ギリギリ20%であれば買い取れるという判断です」

　新代表からの答えに再び邦夫は質問をする。

「改めて、確認ですが、閉めるやら解散となると出資金は1円も戻らないという説明ですが、厳密に言えば、解散価値というか、その時の預金や資産が残っていれば出資者に配分されるのではないでしょうか？」

「そのとおりですが、家賃や仕入れ先の支払いや債権者への支払いが優先されます。また、そもそも現金化ができるものもほぼないし、どう頑張ってもおそらく邦夫さん含め株主にはお金は戻らないと思います」

「だから、今なら20%でも買い取ってもらえれば得であるという理解ですか？」

「そのあたりの正解はありません。ただ、現状、私が用意できる資金も含め、20%なら要望に応えられます」

　それなりに説得力のある回答に邦夫は黙ってしまった。

『20%かよ。わずか2年しか経っていない。自分が出資してからは1年しか経っていない。1600万円が無駄になるのか。

　こんな事が起きるのか。金融危機でもこんな経験はなかった。でも400万円が今なら戻ってくる。

　結局のところ、島田の使い込みのお金は回収できたのか？　いや、そもそも島田は業務上横領罪には問われないのか？

全く、どうなっているんだ。上場を目指した顚末がこの結果？』

様々な思いで邦夫が葛藤している中、新代表は、

「他の株主においても皆様全員、売却しております。もちろん、無理にとはいいませんし、拘束力は一切なく、あくまでも提案になります。

ただ、この場で即答を頂ければ、邦夫さんだけには、島田の紹介から1年も経過していないことから帳簿とは別に私から別途5％のプレミアムを付けた支払いをいたします」

そこまで言われれば、邦夫も４００万円にプレミアムをつけて５００万でも回収できたほうがいいに決まっていることから、書類に印を押したのであった。

会見

日川は、週刊誌の報道を受け、書かれている事実と、相手から脅迫されていることをそのまま発表し、妻にも公開謝罪をおこなった。

「つい気を許してしまった。自分に甘さがあった。浮気やら不倫という感じはなかった。猛省している。大会に集中する」

と神妙な顔で会見をしている。

『あれだけ、狼狽していた日川がこれだけ堂々と会見できるわけがない』

　このあたりの事態を収拾する力は、当然、日川一人でできることなく、大手事務所とスポンサーサイドの綿密なシナリオづくりがあったと邦夫は確信している。

「これはリークした女性が悪い」

「日川さんを脅迫するなんて」

「キャバ嬢こそ彼氏がいるのに」

「最初から美人局をする気満々だったな」

「脅迫罪で逮捕されて当たり前」

「キャストの本名や写真を特定犯早よ」

　SNSではこの会見のコメント欄は、好意的な内容が多く、まるで熱狂的ファンからのステマやヤラセと思われる程であった。

　挙句の果てには、

「なぜ、真面目な日川をラウンジへ連れて行った？　連れて行った友人が悪い。そいつは誰だ」

　と邦夫の責任を追及するようなコメントまであった。

　今後、日川のゴシップを取り上げるマスコミは、試合の取材は出入り禁止にする等の圧力でもあったのではないかと思われるくらい、早々に結菜の彼氏が逮捕された後は、浮気や不倫が大好きなマスコミの記事が話題に出ることもなく、逆に次なる大会での優勝期待といったいつもの内容しか出なくなった。

結局のところ、日川に総額7桁以上の飲食代をたかられ、一緒に店を盛り上げていくことも裏切られた邦夫が損失を被ったことは明白であった。

日川も恥をさらしたかもしれないが、妻帯者にも拘わらず、離婚を前提に楽しく結菜と過ごして楽しんでいたのだから、テレビで日川の活躍を見ると、笑顔で対応している姿は、邦夫からしてみれば偽善者にしか見えなかった。

責任

日川がお店の経営から手を引いたことから売上は一気に落ちたことから、岩本は邦夫を責める。

「邦夫さんが日川を誘ったからこんなことになったんですよ！　せめて、私も同席させてくれれば、こんなことにはならなかった」

まるで、日川が悪いことなく、全て邦夫の責任であるみたいな言い方であった。

「少し、追加の出資をお願いできませんかね。とりあえず１０００万円でいいです」

『結局は金か』

と呆れながら邦夫は、

「私から言わせてもらえれば、日川から株式投資の話を二人でしたいからそもそも会っただけで、日川が素人のラウンジに行きたいと言うから行ったんです。もちろん、貴方も誘いましたが、決算云々ということで、行けないと言ったんじゃないですか。

だいたい、今回、日川がマスコミの餌食となったお店に、私は一度しか案内していないし、日川は、そもそも飲食代は一銭も払っていないんですよ。挙句の果てに2件目に行きたいとかタクシー代まで要求するたかり屋ですよ。

その後、週刊誌のとおり、勝手に何の警戒もしないで、一人で、今回、嵌められた女性に会いにせっせと、通っていたんですよ。単なるヤリモクですね。

岩本さん、黙っているところを見ると、納得していないですかね。とにかく私に責任を追及して店の損失にお金を出せと言う感じですか」

邦夫は続ける。

「はっきり言っておきます。

日川が被害者でなく、お店をPRや応援するということを結果的にぶっちぎられ、貴方たちに騙された私が被害者です。私が契約違反を問いたいところですよ。

そもそも、このまま、私の投資関係の客だけで収支は黒字になりますか。いくら私がここで昼夜セミナーやシャンパンコールを連日しても厳しいですよね。

私も体がもちませんし、こんな治安の悪い場所では、なかなか一見さんが来ないのはわかっていますよね。だから、著名な日川をある程度、前面に出して、客を呼ぶスキームでしたよね。

この先、日川が宣伝やら客集めをしなくなり、この状態でお店は何か打開策はあるのですか？　また、貴方の新しい彼女が、集客できるキャストを出勤させなくしたり、そもそも採用に口を出したり、とにかくいろいろ口出し、店長も参っていますよ」

と一気に言うと岩本は、

「彼女は関係ないだろう。彼女の人脈で売り上げの30％を保っているんだぞ」

自分の女を否定されたことから、岩本も口調が強くなっていった。

冷静に邦夫は言う。

「売上の30％？　では残りの70％は？

本来は貴方が周辺のお店にも付き合いで来店してもらう、同伴やアフターで使ってもらえるよう、キャバクラやホストにも営業をするはずではありませんでしたっけ？　その上で、繰り返しになるけど、日川にはガンガン、マスコミで宣伝してもらう、そして私はトレーダーやら投資に興味がある方を呼びまくるという3本柱が収益拡大の方針でありませんでしたっけ？

貴方は新しい彼女の指示やら優先で、結局のところ、キャバクラやショーパブの営業は一切しないし、しかも、既に3人の会社の日川の持ち株分を出資時と同様な金額で買い取っていますよね。約束を反故にしているにも拘わらず、日川には一切に損やら責任を取らせないのは、何か忖度でもあるのですか。同じ株主やら経営者として随分な扱いですね。

そもそも、月次の売上やら収支報告、月一度のミーティング等、再三、お願いしていますが、何一つやってくれませんよね。とにかく、私がこれ以上の出資をしても今の状況ではドブに捨てるようなものですよ」

岩本は黙っているだけだった。

「お店は続けるのですか？　私はこれ以上、お金を出しませんよ。自分の株も日川と同じ価格で買い取ってもらえるのですか？」

岩本は辛うじて口を開いた。

「致し方ないですね。お店は閉めます」

「邦夫さん、これはあくまでも出資ですよね。可能性として０円、一銭も戻らないこともあるんですよ」

「そうですか。お店は閉めるのですね。居抜きで買ってくれるところがあればいいですね。出資ですから、１円も戻ってこないことはもちろん、わかっています。

しかし、私が納得いかないことは日川の株は買い戻していること、また、店舗の資産価値等を考慮すると、譲渡先にもよりますが、いくらかお金は戻ってくるのではないでしょうか。それなりに私も出資をしたり、お店でも私の人脈で著名トレーダーが講演したり、集客含めそれなりの売上に貢献しておりますが、日川と私の扱いの違いはなんでしょうか」

邦夫の問いかけに、岩本からの明確な回答はなかった。

折衝

2店舗の出資でトータルの損失はどれくらいだろう。

考えたくもないところであるが、冷静に積算してみると、島田の店には2000万円の出資に600万円の回収で1400万円の損失、岩本には出資金2000万円の他に接待を含めれば3000万円、未だに1円も回収していないことから、2店舗合わせて4400万円の損失となったところである。

しかもわずか1年でのここまでの損失は株式投資でも経験はしたことはない。

この損失金額は金融資産がまだ2億円の邦夫にとっては決して安くなく、結構なダメージが生じることから、まずは、島田の店と同様に岩本に、日川と同じ金額での株の買い取りをお願いするところであった。

「岩本さん、結局、出資した自分のお金はいくら返ってきますか」

「すみません。お気持ちでこれだけお返しします」

と封筒を邦夫は受け取った。

「えっ?」

封筒の薄さから金額を察した邦夫は伺った。

「5万円になります。

ご迷惑かけたお詫びです。本当にすみません」

岩本は小さな声で語った。

「えっ。自分は2000万円分の株の保有があったと思います。あと、結構、個人的にもシャンパンを入れ、講演用の器材も購入しています。その対価が5万円なんですか」

邦夫は咎めた。

「私自身もかなりのお金を入れました。あくまでも出資に対する私の気持ちです。ご理解願います」

岩本は言う。

「どう考えてもおかしいですよ。前にも言いましたが、私と日川の違いはなんですか。日川が誰もが知っている有名人で、私は単なるトレーダーだからですか。

なぜ、2000万円いや3000万円近い、お金を出して、それが5万円にしかならないんですか。

店にあった高額な備品やお酒はきちんと売却したんですか。まさか、自分のものにしたり、彼女や友人にあげたりしてないですよね。

何度も言いましたが、日々の売上だけの報告では全然、説明責任がなされていないですよ。運転資金が足らなくなってショートしたらどうすべきであったか。どのくらいの期間であれば赤字であっても耐えることができたのかをしっかり確認せず、結果的に放任した自分が馬鹿でしたかね。

とにかくこれまでの開店から閉店までの帳簿も見せて下さい、いいですよね」

邦夫は岩本に間をおかず、一気に言い切った。

「帳簿は今、決算含め、税理士に最終確認をしてもらっています。私から説明するより、税理士の説明の方が納得できると思いますので、同席で説明させて頂く形でよろしいでしょうか」

テーブルの上に突き返された封筒が置かれたまま、岩本は返答した。

熟考

税理士からの説明は聞くだけに終始した。

すぐに納得できるものでもないことから、帳簿のコピーを全てもらうことで、後日、質疑の場を設けることで解散した。

邦夫の思いとしては、

『そもそも、その場で帳簿を見せられ、1対2の対決の構図も好ましくなかった。どうすれば、岩本からお金を回収できるのか。帳簿を見れば必ず綻びは見えてくる。

多少なりとも邦夫も税理士資格があり税務に精通しているとはいえ、綻びからの回収作業は、こちらも財務に長けている弁護士に依頼するのが確実であろう。

それこそ脅迫やら脅しと捉えられてしまえば、元の子もない。

当然の事ながら、岩本の方も税理士と、念入りに想定される質問の回答を準備してくれるだろう。ある意味、交渉というところのぶつかり合いになる』

早速、邦夫は、弁護士と資金の回収計画を考える。

弁護士とともに岩本からコピーした帳簿を1枚1枚、細かくチェックしていく。

『さすがに日々の売上は誤魔化しようがない。ただ、来店客数と在庫の整合性まではわからない。

例えば、来店が5人しかいなく、売上も数万円しかないのに、なぜかシャンパンが1本ないとか。この場合は、店長では考え難く、岩本が自分で飲むやら持ち帰る、あるいは知り合いに勝手に振舞っていることが予想される。

残念ながら、店内での監視カメラでうまくとらえているかわからないし、そもそも一週間しかデータは保存していないのだから証明はできない。もっと簡単に言えば、在庫管理という面では、1杯3000円ぐらい取れる高給なウイスキーを数杯、サービスで出されて、売上から抜かれてもまずわからない』

そんなことを思いながら、日々の売上報告と帳簿との整合をチェックしていくと、

『あれ？　そういえば、自分が著名トレーダーを昼間に呼んだ貸し切り時の収入が入ってないな。日々の売上の詳細の内容までは、報告の中ではチェックしていなかったが、あの時の貸し切りは50万円近くになっているから、少なく見積もっても、あの日の売上は60万

以上ないとおかしい。それが、7万円？　残りはどこに消えたか？　とりあえず、付箋をしておこう。

うん？　閉店に伴って、在庫となった高級シャンパンやブランド品のシャンデリアは売るって言っていたが、その酒や備品等の売却収入はどこにも記載されていない。単なる計上漏れか。少なく見積もってもこちらも100万円近くになるはずだが。

損益計算書と勘定科目にこちらも付箋をしておこう。仕入帳の方はどうだろうか。

水と米は自分の株式優待やふるさと納税の返礼品で全てを賄っているはずだが、なぜに支払いが生じているのだろうか。どうみてもおかしいな。実際に購入しているのか、それとも裏金つくりか。これも付箋処理だな。

えっー。役員報酬が毎月100万も出しているよ。相場より高い感があるなあ。しかも岩本だけ貰っているのか。何か役員並みの働きをしているのか？　そもそも我々株主には還元なしか。見解をもらおう。

うん？　こちらの人件費の内訳では、知らない名前があるな？　実際に働いていたのか。金額にしては小さいが年間の支払いとなると見逃せない金額にもなる。こちらも確認事項だな』

その後も、じっくり全てを見た後に決定的な欠点を見つけた。

弁護士も気付いたようだ。

「計上されていませんよね」

「はい。明らかに帳簿には書かれていませんね」

「やりましたかね」

「結構な金額になりますよね」

「可能性が大ですね」

「重要な指摘事項ですね」

内容を確認し、お互い、ニヤリとして勝利を確認した。

これで、岩本を追い込む体制は整った。

回収

「本日はよろしくお願いします」

岩本は邦夫の呼び出しに応じた。

「岩本さん。こちらこそよろしくお願いします」

「じっくりとこちらの税理士資格も持っている弁護士と一緒に開店から閉店までの帳簿を全て見せて頂きました」

「結論から言えば、私に５００万円の支払いを要求します。迷惑料がわずか5万円ということが如何にふざけた金額というか、帳簿から、十分に出資者に返金できる金額を精査した結果です。細かい指摘事項を全て書き出しました。もちろん証言も取ってあります。必要であれば、お聞きください。

一番、言いたいことは、一切、コロナによる助成金が計上されていない。どこに消えたのですか」

とボイスレコーダーを目の前に置きながら、邦夫は一気に岩本に言い放った。

驚きながら岩本は文面を読んでいる。

「どうですか。事実ですよね。否定できますか」

と言っても黙ったままでいることから図星であったのだろう。

逆に邦夫は心の中で、

『ひょっとしたら、まだ隠し金やら自分の知らない金の流れがあるかもしれない』

と考えさせられるほど長い沈黙が続く。

「何か言うことやら反論はありますか」

とさらに言うと岩本は、

「わかりました。500万円のお支払いをしますが、今は手持ちがないことから1ヵ月の猶予を下さい」

あっけにとられるほど、あっさりと観念をしたみたいだ。

しかしながら、結果だけを見れば、邦夫としては、わずか1年間の出資で3000万円が500万円になったことは、やはり投資としては手痛い失敗であった。

著名アスリートとの一緒の店舗経営、念願の投資バーが出店できたということで、舞い上がったこともあり、しっかりとした事業計画を確認せず、勢いで出資したことは今となっては高い授業料となってしまった。

また、このような著名人絡みの仕事は、ネームバリューに魅かれても、その人の資質をしっかりと理解していないと、今回の美人局の事件みたいに、本人の責任を自分に押し付けられることもよくわかった。

その後も支払いが終わった岩本からは、

「邦夫さん、最近の株式投資のポジションはどうですか？　飲みにでも行きませんか」

まるで、店舗経営の失敗なんかなかったように、当たり前のように誘ってくる態度に唖然としてしまうところであった。

『このような人間とは距離を取るのが正解だし、よく何事もなかったように平然と飲みに誘うな。飲みに言っても、どうせ、岩本も日川と同様、いつものように自分にたかることは目に見えている。

しかもあの彼女と結婚をして、挙句の果てに、タワマンまで購入をしたことを俺が知らないと思っているのか。そこまでのお金があったとなると、帳簿では発見できなかった、まだまだ不透明のお金や蓄えがあったのか』

という疑念を持ちながら、

「すみません。店舗経営で失敗した出資金を取り返すまでは、飲みに行く時間もお金もないですよ」

と最後に皮肉を言った。

邦夫が岩本と日川とは完璧に袂を分けた瞬間でもあった。

決断

邦夫は、岩本から何とか500万円を取り返したとはいえ、まだ4000万円近い金額、金融資産の20%を失ったことから、致命傷とまでにいかなくても、回復させるには、今までの株式投資の手法では何年かかるかわからない。

もちろん、投資市況がバブルにでもなれば、短期に達成できるところであるが、残念ながら、まだその予兆はない。

邦夫は決断した。

これまでの投資手法でなく、人としては如何なものかというような、法律ギリギリ、グレーゾンの投資手法を使うこととした。

それは、貴子の投資銀行の男からの情報を活用してのインサイダー取引となる。

投資銀行の男から知り得た情報で株を買って儲けている貴子は、その男をどのような関係やらどのように懐柔しているかはわからないが、自分も貴子から株の売買の話を聞き出せれば、当然、儲かる。

問題は、そのような売買をした場合、自分がインサイダー取引になるのかが焦点になる。

流れを改めて整理しよう。

『当局に投資銀行の男と貴子の関係がわかれば、男はもちろん、貴子はアウトだ。ただ、知恵もある貴子だから、おそらく、自分の口座で売買をしていないことが考えられる。そのような場合、実際に貴子が情報を知って、売買をしたとしても、その裏付けや証明を当局が取れなければ、当然、捕まえることはできない。

自分の場合は、さらに又聞きであり、噂話で売買したと言い張れば、よほどの株数やら多額の金額の利益とならない限り、疑いはかからないだろう。そもそも、貴子との関係が当局にばれるわけがない。ただ、逆に、貴子から自身の情報で売買したことがばれると利益やら対価を要求される可能性もある』

邦夫はいろいろ考えながら結論を出す。

『自分の友人の口座で購入すれば、追跡はできないというか、見つかりようがない。また、一人に1000万円の売買をさせるのではなく、一人100万円の10人に分散すれば、尚更、安全であろう』

邦夫は完璧なシナリオを頭の中で構築していく。

後は、どのように貴子を、改めて説いて、情報を得るかというところだけであった。

先日もタクシー代を胸元に入れて、乳首を触っても一切の抵抗がなく、受け入れられたことから、お金を積めば、昔の情や身体の相性もいいことから、ベッドでの会話で情報を得られるのではないかと判断していたが、そんな心配も無用で貴子の方から連絡があった。

「邦夫、そういえば、また投資銀行の男からの話だけど、ファンドが大量の買い付けに動いているから買っておけとか言われて、とりあえず言われるまま買ったけど、今回は前回の5倍の2000万円分を買い付けたから、ちょっと心配になって、邦夫の見解を聞いておこうと思って」

邦夫は聞き返す。

「銘柄コードはわかる?」

貴子は答える。

「コードだけはメモしたんだけど、実際に何の会社かまったくわからないの。邦夫ならよく知っている?」

と貴子に聞かれれば、

「うん! この会社か。わかるよ。業績も堅調だし、財務がいい。その投資銀行の男の目のつけどころが違うね」

と答えておけば貴子もまさか、自分がその銘柄の株価の動きをチェックし、まさか買うとは思ってはいないだろう。

邦夫は当然のように、

『なぜ、ファンドがこの会社を買っているのか。何か株主還元が拡大するのか。それとも何か物を申すのか。

いずれにしろ、大量の買いの指示があったということは、その理由がわかった時、あるいは、ファンドの大量保有報告書があからさまになった時に株価が暴騰することは明白である』

邦夫自身も翌日から慎重に、複数の友人に時間をかけてコツコツ買わせたことは言うまでもない。

結果として、翌月には予想とおり、その会社の決算のタイミングで、増配と自社株買いのリリースがあったことから、株価は一気のストップ高となった。

邦夫は、欲張らず、1回目のストップ高で売るように、友人には伝え、トータル5名義500万近い稼ぎになった。

もちろん、翌日も株価の上昇も考えられたが、情報源の投資銀行はそれなりの株数を当然、仕込んでいることから、いつ大量の売りが出てくるかわからないことから、欲張らず、利確することが第一であった。

邦夫は振り返る。

『わずか2週間で500万円。悪くない。儲けは友人と折半でも十分であった。

絶対に自分ルートで売買をしていることだけは貴子にバレてはいけない。あくまでも貴子からは、会社を知っているかを聞かれたから、知っている事を単に答えたのみだよと言うだけである。

ただ、このやり方はいつまでも通用しない。とにかく出資の損失分だけを取り戻せればいい。

最悪の結果、インサイダー取引の話に巻き込まれたら、投資銀行の男と貴子までの犯罪までとしなければならない。このまま、後数回、貴子から銘柄を尋ねられるよう仕向け、聞いて売買し、損失分を取り戻したら、その後、株で大損した体にして、音信不通にすればいいだけの話である』

まさしく邦夫が犯罪に手を染めた時であった。

確認

「そういえば、この間の銘柄ってその後、どうなったんだっけ？　忙しくて、株価の確認もしていなくて」

邦夫は貴子に言った。

「うん。その後、株価は上昇して、短期で売ると怪しまれるとか言われたから、すぐには売却をしなかったけど。面白いほど、簡単に儲かるから私も驚いちゃった」

貴子はインサイダー取引という犯罪の片棒を担いでいることとの意識は全くなく、悪びれなく邦夫に言う。

「そうか。その客との関係もよさそうだし、お金も増えて、無敵やね。あやかりたいよ。自分も頑張らないと。株式投資は本当に銘柄の選びが難しいし、何より、継続して相場で勝ち続けるのは難しいね」

と邦夫が言えば、

「そうよね。私も自分の選んだ銘柄は全然上がらないし、和泉沢さんの事もあったし、今回みたいに指示がなかったら、多分、株はやってないわ」

と貴子は言う。

「指示というか情報はどれくらいの頻度でくるの？」

「うん。だいたい1ヵ月に一度くらいかな。この間なんて、初めて空売りをさせられたの。とにかく株価が下がれば儲かるっていうのが空売りらしいんだけど、邦夫ならわかる？

もちろん、わかるよ。端的に言えば、株を借りて後で返す。それだけで儲かる。わかりやすく言えば、今、自分が持っている新刊の書籍を、貴子が先に読みたいからと言って、自分から借りて、そのままメルカリやヤフオクに出せば、1000円で売れる。そして、1ヵ月後に読み終えたからといって、自分に本を返すときに、既に売却していて、手元にはないから、メルカリやヤフオクで今度は購入をすれば、発売日から日数が経過していることから、おそらく700円ぐらいで買える。

後は引き算だよ。読みたい本を借りて返すだけなのにわずか1ヵ月で1000円－700円＝300円の儲けになった。つまり本の中古市場の価格が下がったから儲かったということ。これが日頃から自分たちが売買している株式投資の現物取引でなく、信用取引というところの空売りという手法で、簡単に言えば株価が下がれば儲かるということ」

貴子は黙って聞いている。

『しかし、恐るべき情報網だな。空売りまで指示するとは。

いや、決算の内容が悪いとか株価に悪影響を与える情報の方が収集しやすいのかな。売り抜けはもちろん、監査に疑義がつくあるいは、決算のリリースが遅延するというような、株価に悪影響を及ぼす情報を事前に把握できる人は、ある一定の数はいるかもしれない。

今思えば、自分も過去には、株を購入した後に、その会社で働いている友人がいたことを知り、飲み会で、土日の出勤がなくなり、工場が暇になり、残業代がなくなり給料が厳しいとか、インサイダー取引とも言われかねないが、嫌な予感がして、すぐに株を売却し、微損で撤退した記憶がある。案の定、その後、その株は、決算内容が嫌気され、ストップ安となったことから、もしその友人から話を聞くこともなく、保有していたら大変なことになっていたし、一転、空売りをしていれば、結構な利益になっていたかな』

邦夫は貴子の話を聞き振り返っていた。

最後に邦夫はタクシー代をいつものように諭吉を胸元に入れながらしれっと聞いた。

「ちなみに、最近は投資銀行の人からは、何か連絡やら売買の指示はあるの？」

悪事

『貴子から聞いた銘柄で儲けることができるのが、1回、200万円から300万円とすると、出資金を取り戻すには、20回近く、聞かなければならない。絶対に無理だ。

怪しまれないようにするわけで、絶対に自分が投資したことはばれないようにするには、最大回数としても5回が限界だろう。となると、残りの3000万円以上のお金は、別の手法で捻出しなければならない』

心の中で葛藤する。

『短期で儲け、リスクがない、そして犯罪にならない』

ロジックをシンプルに考える。

『株式投資においては、ここ最近、高配当といったインカムゲインが流行なのかもしれないが、そんなチマチマ投資では、お金を増やすにはかなりの時間を要する。60歳で回収できたとしても、後先の人生を考えれば意味がない。今、使うお金が必要なんだ。

健康であって、好きなものを食べたいだけ食べて、欲しいものを買って、行きたいところにも好きなだけ行けて、お金にモノを言わせて女性も抱けるなんてことは、今のうちしかできない。

自分には時間がない。ではどうしたらいいのか？　キャピタルゲインしかない。しかも短期勝負だ。1週間、長くて1ヵ月でパフォーマンスをあげる。

王道は、自分が先回りをして購入した株がその後も継続されて株価が上昇すればいいだけの事である。自分が購入した後、なんらかしらのテクニックを使って、株価が上昇させる。株価の上昇に必要なもの。業績、増配、株主優待拡充……。

いやいやそれらの先回りは難しい。誰にも知られていない、確実に短期で上昇するネタを自分が先に見つけることはできるのか』

自問自答が続いた中、邦夫は閃いた。

『株価の上昇を匂わせればいいんだ。そして、皆に買わせればいいんだ。まさに先日のVIPルームの社長の一言だ。

社長やらすでに側近がすでに株を購入した後に、あのような株価上昇の材料を周辺に言いまくれば、当然株価は上がる。少なくとも仲の良い友人や信頼できる仲間が追随の買いを入れる』

邦夫は整理する。

『自分にもそれなりに億トレの仲間達がいる。自分が推奨やら勝負銘柄と言えば、ある程度の買い注文が入ることは日々のブログで証明されている。

一度でもストップ高をつければ、乗り遅れた方や勢いが注目され、さらに買う人が続く。

出来高が少ない銘柄であれば、仕手株のように時間をかけて先に掻き集めなければならない。

出口として、株価の上昇に伴い、空売りが増えたタイミングで、誰もが見ることができるSNSで積極的に宣伝をする。自身が出演するラジオ番組でも取り上げればさらに株価は上がる』

ここまで、シナリオを考えた邦夫であったが、一つだけ問題があった。

その問題は、その中心となる行為を自身でやるには、株価操縦の疑いは間違いなくかかるし、大口の売りや仲間の裏切り行為など、失敗する確率もあることから、自分が表立つのはもちろんのこと、そもそも自分の口座で売買をするのは大きいリスクとなる。

『自分の代わりに誰かを担がせればいい』

邦夫はすぐに答えを見つけた。

『ぴったりの人物がいる。しかも断れないはずだ。そうだよね。和泉沢さん』

依頼

「その後の生活は如何ですか」

邦夫は聞いた。

「なかなか光が見えてこないです。簡単には仕事は見つかりませんし、アルバイトのその日暮らしで精一杯です。

邦夫さんには未だにお金を返せず申し訳ないです。もう少しお時間を頂ければ何とか」

和泉沢からの予想どおりの返事を聞いて堰を切ったように話し出す。

「一つ、和泉沢さんに是非ともやってもらいたいことがあるんです。ずばり株式投資になります。

しかも和泉沢さんが資金を用意する必要はありません。ただ、単に昔、やっていたことを大々的に再度、やるだけです」

福岡で会ってから、1円もお金を返せていない和泉沢なら、問答無用で引き受ける、いや引き受けざるしかないとの確信が邦夫にはあった。

唐突な邦夫からの提案に警戒している和泉沢にさらに畳みかけて言う。

「この手法は確実に儲かります。しかも、和泉沢さんがわざわざ東京に来る必要もありません。

人と会うことなく、SNSを利用するだけです」

儲けという言葉に反応したのか、人と会わなくていいというところに安心感を持ったのかはわからないが、和泉沢は口を開いた。

「よく意味がわからないのですが、私が何をすれば、儲かるのですか。罪を犯すのは嫌ですよ」

和泉沢の言葉を聞き邦夫は、

『しゃーしゃーとよく言えるな。お前が金を返していない事は罪でないのか。詐欺の疑いも未だにあるのに』

と心の中で思い、

「犯罪なんか、犯しませんよ。昔の貴方の投資のＨＰと掲示板を復活させるだけです。後は私の言うとおりに掲示板に投稿してくれればいいだけです」

和泉沢は尋ねる。

「本当にそれだけですか？」

邦夫の意図が見えずに和泉沢は半信半疑で聞いてくる。

「はい。ただし、前と同じように勝負銘柄というか買い推奨銘柄を必ず掲載しますが、その銘柄については、基本、私に選ばせて下さい。あとはこちらで提灯をつけて株価を上げますから、あくまでも、和泉沢さんのＨＰと掲示板を使わせて頂くスキームです。

何せ、かつてあれだけのアクセス数やら評判があった和泉沢さんのサイトであれば、株価に影響力があることは御自身でよくわかっていますよね。あとは、今、仕事がない状態の和泉沢さんなら、嘘がなければ、時間はあると思いますので、その銘柄の日々の値動きはもちろんのこと、常備、板を監視し、時間帯の出来高、信用取引の取り組み状況等の確認をお願いします。

どうでしょう。犯罪にもならないし、全然、難しいことじゃないでしょう。しかも、サイトを再開することによって、和泉沢さんにとっては、前と同じように会員数に即した年会費が入ります。限定50人とかにすれば、前回と同様に年会費30万として、1500万円を得ることができます。そこから私に仮に500万円を返しても1000万円を得ることができる。

その後は会員をどこかの投資塾みたいに、第2期生として追加募集してもいいし、サイトを継続している間は更新料を含めれば年間ノーリスクで年1000万円以上入ってくるわけですから、悪くないですよね。私の方以外にもお金を返すことができますし、もちろん、その1000万円で再度、自身も株式投資をやってさらに増やすことができます。つまり、お金は返しつつ、さらに株式投資をすることができる種銭も得られることになります」

和泉沢に断る理由はなかった。

「わかりました。ただ、一つだけ不安があります」

和泉沢が言うと、

「不安？　なんでしょうか」

と邦夫は尋ねる。

「推奨銘柄が上がらなければ、誰もサイトや掲示板に興味をしめさないと思いますし、更新や新規入会者もいませんよね」

邦夫は即答した。

「大丈夫です。推奨銘柄が上がればいいんですよね。誰にも文句が言われないように、そのあたりは、私がしっかりと示唆しますから」

邦夫は問答無用で言い放った。

仕掛け

1週間後には和泉沢のサイトが再開された。

当然の事ながらSNSではトレンド入りになる勢いだった。

何せ、日経平均株価が史上最高値をつけたこのタイミングでの突如の復活である。

ネットでも様々な憶測が生まれた。

「本当に本人なのか？」

「なりすましではないのか？」

「破産したのではないか」

「伝説の掲示板も復活するのか？」

「今まで何をしていたのか？」

「なぜ、このタイミングで復活したのか？」

もちろん、邦夫もツイッターやブログで積極的に宣伝をした。

時には自身が出演するラジオや週刊誌の取材においても注目すべきサイト、株式投資家必須サイトとして紹介した。

　今回、和泉沢を復活させた邦夫が考えたシナリオは、

「勝負銘柄を邦夫が決め、まずは邦夫が仕込む。

　次に邦夫が信頼している個人投資家に銘柄を教える」

　もちろん、銘柄を言うだけであって、個人投資家が買うかどうかはわからない。

　但し、邦夫が勝負銘柄というぐらいであるから、ある程度の買いは見込まれる。

「続いて、和泉沢復活の推奨銘柄として、有料会員にメールで情報発信し、数日後に和泉沢の掲示板で一般公開する。

　最後はヤラセ含み、リポストやヤフーの銘柄掲示板にも買い煽りを入れる」

　という流れである。

　当然の事ながら、一番、最初に買い付けた邦夫は大損する可能性は限りなく低い。

　万が一、株価が上がらなくても、リスクヘッジとして、大きい買い圧力のタイミングが数度、訪れることから、邦夫自身は十分に逃げることができる。

　何より、和泉沢が全面に出ていることから、邦夫がこのようなシナリオを計画している首謀者とは誰一人わからない。

　売買のタイミングは、全て和泉沢のサイトから発信させる。

　邦夫が既に大量に買い込んでいること、あるいは既に売り抜けているということは和泉沢自身も全く、わからない。

つまり、邦夫が責められることや株価操縦の疑いになることは一切ない。

邦夫は何度も計画を見直し呟いた。

「問題はない。完璧だ。

ただ、今後、成功をし続けるためには、1発目の銘柄の餌巻きとして、無料の掲示板に掲載した勝負銘柄は絶対に株価が上がらなければならない。

最初が肝心だ。1回目で失敗したら、当たり前であるが、誰一人、和泉沢のサイトや掲示板を訪問することなく、相手にされなくなる。

とにかく結果を出さなければならない。確実に上がる銘柄、それこそ、貴子から聞き出す銘柄だ」

勝負

「絶対に今後、上がる株を教えて下さい」

セミナーやオフ会などで、今まで、何度、このような質問を受けたことがあるのだろうか。

「そんな株があれば、私はこの場にいませんし、億万長者、いや、もうお金に不自由しない日々を過ごしていますよ」

と笑いで返している。

しかし、今であれば真顔で、

「口外できませんが、ありますよ。

実際に上場企業の会社が大胆にも株価に影響を与えることを平然と夜の飲み屋でべらべらしゃべっているのを、私も聞いたことがあります。

ただし、その話を聞いて、実際に株の購入をしたらインサイダー取引で捕まりますよ」

と言うだろう。

『インサイダー取引で絶対に捕まらない方法で確実に儲けるには、自分自身の口座で売買すれば捕まることから、自分との繋がりが絶対にわからない口座で売買するだけであるが、なぜか、皆、簡単に足が付く口座で売買をする。

目の前の大金に隙ができるのか、そもそも考え方が甘いのかどちらかだ』

邦夫は自問自答をする。

『まずは、ここで和泉沢から、復活の待望の勝負銘柄をいよいよリリースしなければならない』

邦夫は、慎重に1ヵ月の間を明け、貴子に探りを入れる。

「引き続き、株は儲かっているのか?」

「最近はそれほどじゃないけど」

「そうなのか」

「貴子は、結構、いい人脈持っていなかったっけ。確か投資銀行の人だっけ」

貴子の話を聞きながら邦夫が尋ねると、

「そんなにちょこちょこ情報がくるわけじゃないのよ。だからと言って、自分で銘柄を探して購入するほど、実力はないし」

貴子は邦夫の問いに答える。

「そうだよな。なかなか難しいよね」

邦夫が相槌をすると、

「でもね、まさに昨日、慎重に押し目買いをするといいよ、と言われた銘柄があったんだけど、なんか、1日の出来高が少ないから、1ヵ月くらい時間をかけて買ってとか言われて、結構、面倒くさいのよ」

「なんで、一気に買っちゃいけないのか、教えてくれないから、邦夫に聞こうかと思っていたから、ちょうどよかった」

「えっ、そんな銘柄があるの？」

邦夫は渡りに船とばかりに貴子に聞く。

銘柄コードを聞き、邦夫は愕然とする。

「この銘柄を買うのか。どう考えても今回もTOBしか考えられない」

貴子にはなんて言おうか悩んでいると、尋ねられる。

「どう？　昔、株主優待をやっていたことと、配当が少しあるっていうことくらいしか私にはわからなくて」

「貴子、この銘柄は一言で言えば渋い銘柄だよ」

「渋いって」

「わかりやすく言えば、普通の人はまず買わない。上場市場も地方だし、そもそも会社名もほとんど知られていないし、業績もある意味、手堅いというかこれから伸びるということも考え難いな」

貴子は黙って聞いている。

「だから、1日の売買高というか、買う人や出来高が少ないから、貴子が一気に買うとどうなるかわかるよね」

「えっ？　どうなるの」

「売る人が少ないのに買う人が多いと需給の関係で当然、株価は一気にあがる。ましてや、いくらでもいいからと成り行き買いをすれば、簡単にストップ高になる。

購入コストも高くなるし、貴子の買い注文だけで先に株価が上昇してしまうと、その後に何らかしらの株価にインパクトを与える影響があるニュースがあっても、そこからの上昇幅は先に株価が上がっている分、あがりは小さいし、場合によっては、材料出尽くしで空売りの餌食となって株価は逆に下がるかもしれない。だから、下値や押し目で安く買いたいし、一気に上がらないように、1日、100株とか200株を買うよう指示しているんじゃないかな」

「さすが、邦夫ね。よくわかったわ。コツコツ買っていくしかないのね」

貴子は納得したが、邦夫もこの銘柄を利用して、和泉沢のサイトの信用を得なければならない。

「復活第1弾の今回の勝負銘柄を配信します」

「ただし、配当はいいが、日々の出来高が少ないので、大人買いやら大量に成り行き買いをすることは避けた方が賢明であります」

「下値で引き付けて購入しましょう」

「掲示板には1週間後に掲載します」

さすがの和泉沢の影響力である。

「今までの1日の出来高の3倍に達している。しかも成行き買いをする奴らまでいる」

邦夫はたまらず、友人のさらにその友人口座で購入した株を売り玉として上値を抑えるが、それ以上の株数の買いがあり、簡単に突破されてしまった。

もちろん、ここから、邦夫も買い向かってもいいのだが、今回はあくまでも、和泉沢が会員に推奨した時の株価が掲示板に掲載した時の株価をとにかく上回ればいいので、自分の利益は薄利でも構わないし、無理はしなかった。

その1ヵ月後には、株価は1・3倍になり、さらにその1ヵ月後にそこからさらに3割のプレミアムがつくTOBがリリースされた。

掲示板のコメントは賞賛のコメントであふれたことは言うまでもない。

「すごい！」

「さすが和泉沢師匠！」

「ありがとうございました」

「株主優待の廃止からＴＯＢを予想していたとは！」

「しっかり便乗させて頂きました」

「見事な読みでした」

「一生、ついていきます」

当然の事ながら、新規の会員数も増え、次の勝負銘柄へのリクエストが次々とあがった。

「次の勝負銘柄はいつですか」

「今度はもっと買います」

「詳細なレポートや日々の値動きの感想も情報が欲しいです」

「セミナーやリアルオフ会も企画してください」

まさしく、この成功で、５年ぶりに形を変えた「和泉沢塾」の誕生した瞬間でもあった。

邦夫はアルマンドシルバーを祝杯として飲み、一人で語る。

『下地はできた。次の銘柄に勝負をかける。皆にはしっかりとイナゴ投資家になってもらうよ。煽りまくりお願いします』

戦略

貴子から銘柄を聞き出すのは限界にきているかもしれない。

短期間でこちらから何度も聞き出せば、さすがの貴子も自分に疑いを持つかもしれない。

そもそも、月に一度しか売買指示はないということから、今、尋ねてもネタがないかもしれない。

どんなに早く考えても数ヵ月先だろう。

何せ、TOBやファンドの買いというような情報はそもそも頻繁に入るわけでもないし、短期間で何度も稼げば、ネタがネタなだけにあいつらも当局から怪しまれるのはわかっていると思う。

邦夫は結論を出す。

『自分自身で銘柄を発掘するしかない。どのような銘柄がいいのか』

邦夫はひたすら銘柄を熟考する。

株価の材料として、PBR1倍割れ、無配でない、年初来高値を更新していない、流動性の目安として自分の集めたい株数の100倍以上の出来高が日々あることなどをまずはスクリーニングをする。

次に、直近に発表された第一四半期決算で、経常利益が会社側の通期計画に対して堅調に進んでいるか、現在の株価位置等、20項目以上のポイントで絞り切っていく。

さらには、過去に仕手化されたことがあるのか、今の株価に対しての経営陣のコメントはあるのか等、ファンダメンタルの面でも分析した。

4000銘柄近くあるところから数社に絞り込むだけでもそれなりの時間がかかったが、和泉沢にも邦夫が選んだ銘柄について、確認含め分析をさせた。

まずは、邦夫自身が慎重に買い集めていくことが必須であるが、安全を期して、自分自身の口座では当然の事ながら1株たりとも買わない。

貴子の銘柄と異なり、短期間での株価の上昇が約束されていない銘柄を、和泉沢を踏台にして株価を上げる株価操縦にもあたることから、自身の口座で売買することは避けるのが当たり前であった。

邦夫は再び熟考する。

『万が一、和泉沢と自分が結託していることがばれたらアウトである。では、どうすればいいか。

さすがに前回同様、自分の友人の口座に売買をお願いしてもいいのだが、お礼も必要となり、利益が折半になってしまうことがもったいない。場合によってはこのカラクリに気付いて、さらにお金を要求してくる仲間もいるかもしれない』

『自分以外の口座で確実に信用できる口座となると……』

邦夫はやっと気づいた。

どうして、こんな簡単なことが今までわからなかったのか。

『貴子の口座』

『今まで、貴子からの情報を得て、邦夫が株式の売買をしても関係がばれることはない。では、逆であっても安全である。風俗で知り合った嬢と客の関係なんて絶対に補足できない。

これこそ、証券会社や金融庁に自分との関係が知られていない、把握できない口座じゃないか』

邦夫は思った。

『貴子に頼めば、和泉沢のお金を取り戻した借りもあるし、今の貴子なら勝負銘柄だからと言えば、素直に買ってくれるだろう。しかし、さすがに貴子も、投資銀行の男に薦められる株と違い、いつ株価が上がるかわからない株となるとリスクはつきものだから、どう頑張っても数百万円しか買ってくれないだろう。

こちらで、購入資金も用意やら渡すしかないな。後は、その引き受けに対するお礼の対価だけであろう。巨額の利益を目にして、多額の謝礼を要求されてはたまらない。

そもそも貴子からのお金の無心を断っている身であるし、お金がない邦夫が株を大量に買うということは、どこにそんなお金があるのか、なぜにこの銘柄を大量に買うのかという疑いが向けられるのは容易く予想できる。

貴子に黙って協力させるには……』

再び考えながら、邦夫は決断した。

『お金に勝るものはないな。

儲けは折半するしかないなあ』

協力

「わかったわ。このお金を私の口座に入金して、邦夫が薦める株を買えばいいのね。なんか、邦夫、証券マンみたいだね。でも、邦夫もお金がないのに、よく資金繰りできたわね」

貴子が聞くと、

「いろいろなところから、お金を借りたりしたし、まあ、自分にとって後には引けない勝負だし、絶対に負けられない」

と邦夫は答える。

「それは十分にわかるけど、なんで邦夫の証券口座でやらないの。そっちの方が楽だと思うけど」

再び貴子が尋ねると、

「恥ずかしい話、下手を打って追証を喰らったりして、口座が止められたりして、自由に買いたいけど買えない感じなんだ。もちろん、口座を貸してくれたお礼として、株の利益は折半でいいよ」

まさか、株価操縦の疑いを避けるため、貴子の口座を使うなんて言えるはずがなく、それらしい言葉で邦夫は貴子に言う。

「いいわよ。邦夫も大変そうだし、事業の方もうまくいっているから」

邦夫は尋ねる。

「事業？　何かやっているのか」

「いつまでも、私も自分が夜の街の現役で通用するとは思っていないから、裏方として出会い系の仕事を始めたのよ。

そこそこ、いい女性を集めているわ。邦夫なら入会金無料にするわ。

カリスマ投資家で著名人だし、信用できるし、私にお金は払えなくても、エッチをしたい女であればお金を用意するでしょう」

貴子は皮肉っぽく答える。

邦夫は苦笑いしながら言う。

「出会い系も貴子が面接して集めている女性ならそれなりのレベルだから、お相手を是非、お願いしたいが、まずは先に証券口座を使わせてもらえれば本当に助かるので、早速、手順を言うね」

邦夫は真剣な顔で説明を始めた。

「まずは株を買うために、貴子にお金を渡すので、そのお金を貴子の証券口座に入金することからお願いするね。お金は、一時に多額のお金を入金すると怪しまれるから、数回に分けて渡すね。株を買う時も一緒で、一気に買うと株も暴騰するから、こちらも数日間かけて買ってね」

説明を受け貴子は聞く。

「結構、手間暇がかかるのね。入金だけは1回でいいじゃない」

「いや、貴子は今まで、一気に多額の入金をしたことはないから、お金の出所で銀行や証券会社から連絡があると面倒だから、手堅く証券会社も2社に分散したいから、新たに証券口座も作成してほしい。いろいろ疑われないようにするためにも手間暇はかかるんだ」

貴子の問いに邦夫は言う。

「新たな証券口座を開設したら、ログインパスワードと取引パスワードを教えてほしい。場合によっては自分でも売買をするから。

それから、実際に会うとき以外の指示はお互いテレグラムでしよう。LINEでは足が付く可能性もあるから。念には念を入れておきたいから」

「わかったわ。全部できたらまた連絡するわ。でも、邦夫も、いよいよ大勝負をするのね。私までドキドキしてくるわ。

ちなみにその大勝負には和泉沢さんはからんでいるの。だって、まだ、和泉沢さんのお金は回収できていないんでしょう」

相変わらず、貴子の勘は鋭い。

少し誤魔化しながら、

「そのあたりはご想像に任せるよ。とりあえず、今日の車代とスマホの購入代を渡しておくね。ついでにオリスパの株主優待も渡しておくわ」

全てを貴子の胸元に挟み込み、タクシーに乗せた。

手法

貴子には、3日間連続して買い、1日は空ける。だから4日目は買わない。そして、4日目の終値より5日目の始値が下がっていたら買うように指示をした。

基本的には週足も意識して、1日目となる月曜日の始値より下値を取れるように買いを入れさせたことから、チャートも崩れることはない。

ここまでで1000万円分を貴子の口座には投入した。

このタイミングで和泉沢には、匂わせの記事を掲示板に掲載させた。

そして、次の週も同じスタンスを貫いて、下値を取らないチャートを継続していく。

投下資金の貴子の入金口座も2000万円を突破した。

あとは、この株が3倍になれば6000万円、軍資金の2000万円を差し引くと、4

000万円を取り返すことができるが、欲を見ず、株価2倍の4000万円、利益として、2000万円をゴールと皮算用した。

いい感じで、気づかれずに株を集めることができ、かつ急騰はさせなかったことから、あとは煽りを入れれば、イナゴ投資家の力で一気に株価を上昇させることができる。

まずは、月曜日の朝から購入できるように日曜日の夕方に有料会員に勝負銘柄と選定した理由を配信する。

続いて、水曜日の引けに無料会員でも把握できるように掲示板に掲載する。

そして、金曜日の引けには邦夫や仲間がSNS等でも和泉沢の掲示板の内容をリポストすると続々と買いが入るように煽りを入れていく。

当然の事ながら、当初、200円台の株価であった銘柄が250円、300円と押し目を織り交ぜながら、上昇していくし、大きく売り崩された時には、すかさず、買いを入れて、株価がとにかく前日の終値から下がらないように意識をした。

もちろん、なかなかリアルタイムで、貴子には指示ができないことから、株価が下がってしまった場合には、

「明日、2万株の成行き買いの注文を8時30分と8時58分に入れてくれ。場合によっては8時59分に取り消すかもしれないから、連絡つくようにして」

と買い与えたスマホに指示を出す。

このあたりの煽りは夜の街でも噂になっていく。

知り合いのキャバクラ嬢やホストあたりでも、

「そういえば、最近、あの銘柄怪しいね」

「邦夫は買っているの」

聞かれれば
「業績的に問題ないし、今の株価ならここから追従しても旨味があるんじゃない」

としれっと煽りを入れ、

「自分もよくよく調べたら、自社株買いや増配もあるかもしれないし、そろそろ年初来高値をブレイクしたら一気に上放れする可能性が高いかな。だから、380円の株価を超えるかを毎日チェックしているし、さらに400円を超えれば外資の空売りも踏み上げ、一度はストップ高をつけ近いうちに500円をつけると思っている」

とダメ押しを言う。

顛末

株価の動意というところでは、最初こそ、半信半疑と思われていたが、邦夫の買い支えで株価が大きく下落することがなかったことと、株価が300円台ということもあり、千株でも30万の資金で買えることから、1万株やら2万株の買い、時には5万株の買いの注文が一気に入り、1日の出来高も増えていき、株式市場における注目銘柄となっていった。

「いよいよ手仕舞いをするか」

株価をスマホで確認をするとついに500円をブレイクアウトしていた。

この勢いであれば、5倍、いや、さらなる提灯買いや好材料で、巷で言われるテンバガーをこの先達成するかもしれない。

和泉沢も自分では一切、お金の投入をしていないにも拘わらず、

「まだまだ買い増しをして上値を狙いましょう」

「邦夫さんもラジオ以外にも、もっともっと宣伝して下さい」

「イナゴに片っ端から1000株、いや100株でも買わせましょう」

とまるで自分だけで結果を出しているように偉そうに言う。

「この言い方はひょっとして、どこからか資金を得て、既に自分自身でも買っている、あるいは、俺の知らないところで誰かに買わせているのではないか」

と疑いながらも、

「上がり続ける株はないですよね」

「当初の目的額は達成していますよ」

「焦ることはない」

「このパターンでイグジットできれば必ず次回もこの手法は使えます」

と和泉沢を制しつつ、邦夫は全株の売却を貴子にも指示をした。

もちろん、一度に売りを出せば、株数もそれなりにあることから、売り気配や売りが売りを呼ぶことによる暴落、チャートも壊れてしまうことから、数回に分けて時間をかけて売却をし、結局のところ、全株を売却するのに一週間を要した。

幸いなことに株価は上がり続けていたことから、邦夫の売り圧力で出来高は膨らんだが、暴落することなく、一切の足跡を残さず、貴子の、２つの証券口座で２０００万円を超える利益となった。

完璧となる大勝利となった。

ここまでの高揚感は久しく記憶にない。

「見事でしたね」

「ここまで短期に株価が上がるのを予想するなんて」

「さすが、カリスマ投資家」

と邦夫から追随買いしたホストやキャバクラ嬢からは言われながら、祝杯のベルエポックを店側からごちそうになった。

さらには、一線を越えたお気入りがいる六本木のキャストの店では盛大にアルマンドのゴールド、ロゼ、グリーンを一気に頼み、巷で言われるアルマンド信号機を振る舞い、大変な宴の場になったことは言うまでもない。

ただ、浮かれずに追随買いをした人には、

「いや、皆さんが自己責任でリスクを取った成果ですよ」

「業績的にも理論株価とかなり乖離があったから注視していたんですよ」

と決して、自身の株価操縦が疑われないようにお酒の席であっても慎重に言葉を選んで言った。

さらには深追いをしないように、

「ここまでオーバーシュートをしていけば、この先の株価の下落は見えている」

「今後の更なる上昇の可能性は低い」

「1000株とか100株だけ残すというのはありかもしれませんが、基本的には全株を売却し、次の銘柄に勝負は移した方がいいとは思います」

「もちろん、株価上昇の更なるIRのリリースあるいはファンドや著名投資家の買いがオープンになれば株価はこの先も上がるかもしれないですが、そればかりはわからない」

「まあ、それがわかれば、そもそも自分はこの場所にはいませんよ」

と制するように、毎度の講演でのフレーズをクラッシュアイスのグラスにアルマンドを入れ、飲み干しながら語った。

裏切り

『えっ、すごい。2つの口座がそれぞれ2000万円を超えているわ。邦夫に言われた通り、わずか2週間、売買をしただけなのに。私も買っておけばよかった』

貴子はスマホの証券会社の口座の残高を見てうなだれる。

『邦夫は確かお礼は折半と言っていたわ。それじゃ夜のお店のバック率とほぼ同じだし、金額として1000万円か。これって、妥当なのかしら。

そもそも、邦夫がわざわざ、自分の口座でなく私の口座で売買させるということは、よく考えれば、訳ありとか、何かリスクがあるはずじゃない。そのリスクに私を利用したとなると、折半では割に合わない気もするわ』

目の前の残高を見て、欲のかたまりに変貌しつつある貴子であった。

『よく考えてみよう。今このお金は、私の証券口座にある。つまり、邦夫の許可なく、勝手に自分でお金を下すことができる。

当たり前の話だが、証券口座からの出金も私の銀行口座の名義しかできない。出金時の証券会社のパスワードを知っていても邦夫名義への銀行口座には直接出金できない。

つまり、私の銀行口座を介さないと邦夫の銀行口座には振込はできない。直接、現金の手渡しとなっても、一度は必ず、私の手元をお金は経由する。

だから、そのタイミングであれば、確実に私は全額のお金を得られることができる。こんなチャンスは絶対にない。推しにラスソンを歌わせることができる。

邦夫は毎日、私の二つのネット証券口座にログインをして、口座残高をチェックしているから、まずは出金の手続きがスピード勝負となる。

関門は二つ。一つは、証券会社からの銀行口座への出金指示。そして、もう一つは、銀行口座からの引き出し。この二つを邦夫に気付かれる前に完了させなければならないから、決行のタイミングが重要である』

貴子は熟考する。

『証券会社のメンテナンスが入る直前に出金指示をすれば大丈夫かしら。メンテナンスは土日が多いことから、邦夫が口座にログインをするタイミングは日曜の夜、ラッキーであれば月曜日の朝となるが、どんなことがあっても、月曜日の寄付き前には口座にログインするからそこで残額がばれる可能性が高い』

貴子は自問自答する。

『では、平日の場中での即時出金なら？　そして、速攻、銀行に行って、通帳と印鑑で引き出す。これならいけるかしら』

貴子は何度もタイムスケジュールも考え、シミュレーションをする。

『問題は1つの銀行から2000万円近くを一気に引き出すことから、詐欺等の疑いで窓口のやり取りが長引く可能性もあるし、場合によっては、事前の連絡や手続きが必要になるだろう。実際に会社の倶楽部R&Tのお金を何回か出金手続きをして見て、窓口でどれくらいの時間がかかるかは積算してみないといけない。

サラリーマンの邦夫は昼休み後の13時以降は口座のチェックができなくなるから銀行の窓口が閉まる15時までに2つの金融機関に行く迅速な処理が必要となる。

幸いなことに、移動に関しては、1000万円で重さは約1キロ、厚さは10センチしかないから、全額の4000万円でも重さ4キロ、厚さ40センチだから、自分一人の移動でも全く苦にならない。

あとは決行日をいつにするのか。邦夫の確認が少しでも遅れるタイミングがいいに決まっている。邦夫のスケジュールも確認しないといけない。

いつまでも待ってはいられない。証券会社のパスワードは知っているし、銀行のカードは邦夫に渡してあることから、先に邦夫がコツコツATMから出金されたら、たまったものではない』

発端

「邦夫さん！　最近、株式投資の調子はどうですか？　聞くところによると、派手にアルマンドの信号機までやったそうじゃないですか？」

と久しぶりに会うセミナー会社の社長は言った。

「最近の相場の状況もいいですから、人気のある株主優待や注目すべきＩＰＯをテーマに久しぶりに大阪で講演をやりませんか？　もちろん、夜も一席ご案内しますし、一緒に食い倒れましょう」

「私でよければやりますよ。開催は週末になりますかね。せっかくだから、金曜日の夜から伺いますよ。定時に上がれば、21時にはそちらにつけると思います。

　私も久しぶりの講演で緊張するかもしれませんが、移動の新幹線の中でしっかり、準備をしておきます。

　基本的に、私の講演をとおして、社長のところの会員が増えるか更新の継続をして頂くのが狙いですよね。そのあたりも踏まえ、受講生の方との講演後の懇親会は何時間でも付き合いますよ」

　と邦夫は社長の顔を見ながら雄弁に語る。

「ありがとうございます。盛況な会になるようこちらも精一杯、告知いたします」

　社長の誘いを受け、早速、邦夫は、貴子に連絡を取った。

「今度、久しぶりに大阪でセミナーをやるんだけど、もし都合が合えば一緒にどう？　セミナー中や懇親会の時間はデパートで買い物でもオリスパでも行って時間を潰してもらえればと。

　先日の大勝利のお礼やらお祝いもしたいし、どう？」

と邦夫は心の中では、

『貴子に、後々、何かの弱みを握られたくないし、お礼として大阪で50万円ぐらい貴子のために散財してもいいだろう。もちろん、夜は久しぶりに貴子と添い寝をするのも悪くない』

という皮算用も邦夫にはあった。

当然、無料で大阪に行って、買い物やらオリスパまで世話をしてくれるなら、悪い話でないし、乗ってくると思ったが、貴子の返事はつれなかった。

「えーっ、行きたい。でもその日、私の倶楽部でもイベントがあるから難しいのよ。また、次の機会にするわ」

拍子抜けをしながら邦夫は言う。

「えっ？　ダメなの？　最終の新幹線でもいいし、日帰りでもいいんだけど。リスケはできない？」

「うん、こちらももう会場もおさえているし、土曜日の昼の開催だから、邦夫の講演と重なっているし、都内ならまだしも、大阪となると厳しいわ」

貴子の返事を聞き、

「そっか、なら仕方ないね」

今思えばここで、大阪に行けない代わりの要求が一切ない、貴子に違和感を持つべきであったが、久しぶりの大阪での夜遊びの情報収集に夢中になっていた邦夫は、貴子が裏で進めている計画を知る由もなかった。

隙

邦夫が前泊として金曜日の夕方の新幹線に乗ることはわかっていた。

逆算をすると、おそらく、その日の邦夫はいつものように午前中に出社して、親の介護をしてからの移動となることから、13時〜18時くらいはかなり、慌ただしくなることは明白であることから、決行はその日の15時ギリギリに出金をすればいい。

そのタイミングで発覚しなければ、邦夫は支店等でのカード出金や暗証番号の変更はできない。

貴子は迅速に動いた。

最初の銀行においては、事前に出金の話はしていたし、まだ定期預金も残していることから、ものの10分しか費やすことなく、２０００万円の現金を手に取り、次の銀行へ向かうことができた。

幸いなことに、月末でもなく、月曜日でもなかったことから、15時前には全ての手続きを終え、４０００万円を瞬く間に手にすることができた。

貴子は思う。

『あとは、邦夫がいつ、この事実に気付くか、そして、どのような行動に出るかの賭けである。邦夫は気づいたタイミングで当然、私にＬＩＮＥや電話を怒濤のようにしてくる。こちらが、ぶっちぎってブロックをすると次はどのような行動に出るか。

おそらく自宅に突撃してくる。ここまでは想定内であり、自宅は既に引っ越しをしている』

となると、邦夫が取る行動は二つ。

『一つは、お金をかけてでも、邦夫の人脈もフルに使ってでも私の居場所を探る。

もう一つは、泣く泣く諦める』

貴子の読みでは、さすがにあの邦夫が４０００万円を諦めるはずがないし、そもそも種銭の２０００万円は邦夫の持ち出しだから諦めることは絶対にない。

夜の世界で何十年も生き残っている貴子にとっては、邦夫の動きが手に取るようにわかる。

『あらゆる手段を使って、私を見つけて、お金を取り戻すだろう。しかし、邦夫は油断というか目の前のお金という点でしかみていない。頭が良い邦夫が目先のお金を取り戻すことができるのかという線ではみていない。

いくら、邦夫の考えでの錬金術であっても、あくまでも、お金の流れは、私が株を買って、売却して、出金しただけであり、邦夫の意思やら、縛りは法的にも一切、生じない。

強いて言えば、邦夫から受け取った２０００万円のやり取りであるが、証拠としての録画や録音はされていない。もちろん、金銭消費貸借契約や贈与契約もなければ、覚書もなく、手渡しで邦夫から現金を受け取っただけだ。急いでいたのか、安心したのか、はたまた信用していたのか、いずれにしろ、あの邦夫にしては、和泉沢との一件があったにも関わらず、書類のやり取りやお金の流れを残すことができなかったことは痛恨の極みとなるだろう。

あとは、最後の手段として、無理やり私自身を拉致してお金を奪うということも考えられるが、邦夫は絶対にそこまでのことはしてこない。なぜなら、邦夫の昼職の内容を鑑みれば、人脈でその筋の方を使ってまで、取り返すには、さすがにリスクが大きく、邦夫にとって、逆に失うものが多いはず。だから逃げ切れるわ』

貴子は確信していた。

発覚

講演後の懇親会も盛大に終わり、やっと邦夫はホテルのバーで、タンカレーナンバーテンを飲みながら一人、余韻に浸っていた。

「さすが、カリスマ投資家ですね。めちゃくちゃ参考になりました」

「邦夫さんの勝負銘柄の目標株価はどれくらいですか？」

「今年はいったいいくら儲けているのですか？」

「次回はいつ、大阪に来てくれますか？」

熱烈な歓迎を受け、大阪に来てくれますか？」


熱烈な歓迎を受け、怒濤のような質問ラッシュであった。

邦夫は一人ずつに答える。

「いえいえ、私よりも凄い投資家はたくさんいますよ」

「最低500円、最終的には1000円でイグジットします」

「いやいや、私レベルなんて、まだまだやっと8桁です。波に乗れている方やうまい方はもう今年は、億ってますよ」

「日帰りでもいいので8月にはまた来たいですね。もちろん、オファーがあればですけどね」

4年ぶりの大阪講演ということ、さらには、日経平均はバブル経済崩壊後の高値を取ってきており、株式投資をするには環境としては最高のタイミングとなっている追い風もあった。

邦夫の読みとしては、今後の市況は、少なからずの調整やら下落はあるかもしれないが、このままある程度の日経平均の上昇は継続されると踏んでいる。

邦夫自身も、和泉沢を利用した錬金術もこの先も使えるという強みもあった。

『しかし、自分の実力でなく、他人を利用、いや大衆心理を利用しているだけの投資だ。その結果、株価だけは上がるから、皆は、カリスマと言う。単なる虚像のカリスマだな』

邦夫は自嘲し、2杯目のギムレットを飲みながら、スマホで自身の証券口座に明日の株の注文を入れて、続いて、貴子の証券口座にアクセスしたところで、思わず声を発した。

「どうかしましたか？」

バーテンに問われ、

「いや、なんでもありません」

動揺しながら、スマホの画面を凝視する。

「ユーザＩＤ又はパスワードが正しくありません」

多少、酔っているとはいえ、はっきりとエラーメッセージは読み取れる。

「あれ？　ログインできない。パスワードを間違えたかな」

小声でつぶやきながら、スマホでの入力ということもあり、2回目も、慎重に1文字ずつ入力するが結果は同じであった。

『こんなことがあるのか。これ以上、間違えると、ロックがかかる可能性もあり面倒なことになる』

同じ画面表示を見て、貴子に確認がてらＬＩＮＥを送る。

「なんか、ログインができないんだが、ひょっとしたら、パスワードかえた？」

しかしながら、日曜の深夜ということもあり、なかなか既読にはならないことから、貴子に任せているもう1社のネット証券においても、ログインを試みたが、こちらは、あいにくメンテナンス中であった。

『まあ、しょうがない。明日の朝までには貴子からは返信はあると思うし、もう1社も明日の朝にはメンテナンスが終わるからログインの確認ができるだろう』

と楽観し、3杯日のタンカレーバックをオーダーした。

確信

飲み過ぎていたこともあったが、ホテルで美女セラピストからの本格的な回春マッサージを受けたこともあり、邦夫は爆睡し不覚にもいつものように6時には起きられなかった。気が付けば、朝食を取る時間もなく、新大阪駅に向かわなければならなかった。

駅までのタクシーでは、まずは貴子からのＬＩＮＥの返信をチェックしたが、未読のままであったことから、まずは確認すべき事として、貴子の証券口座にログインを試みた。

結果は同じであり、やはりパスワードエラーとなっていた。

続けざまに朝っぱらにも拘わらず、さすがに貴子に電話を入れるが、

「電波の届かない場所か電源が入っていないためかかりません」

とのメッセージが流れる。

もしも、着信拒否をしていれば通話中の電子音が流れ続けるはずだと思い、邦夫は1時間毎にかけるが、結果は同じであった。

東京に向かう新幹線の中では、やきもきしながら、トレードをしていたが、やはり集中はできなかった。

東京駅まで待つことは出来ず、品川駅に着くなり、邦夫は貴子から担保として預かっている証券口座や銀行口座のカードで残高確認や出金を試みたが、

「暗証番号が違います」

との画面表示となる。

「暗証番号？　さすがに４桁の数字を打ち間違えるはずがない」

と思い、もう一度、やり直すが結果は同じであった。

『ひょっとしたら、やられたか。未だに貴子のＬＩＮＥは既読にならないし、電話も繋がらないのが何よりの証拠だ。そもそも自分名義の口座でないから、銀行や証券会社に自分が訪問や電話をしての残高の確認はできない。

おそらく既に口座のお金は全額、出金されているだろう。いつやったのか？　少なくとも金曜日の朝の出勤前には口座にログインして確認しているから、その後、つまり、大阪に行っている間か。時間的には、十分にできる。証券会社からの即時出金、もしくは前日に出金予約をして、一気に銀行をまわればすべて出金ができる。

すべて、金曜日に計画して行ったということか。俺が前泊として金曜日の夕方の新幹線で東京を離れることも貴子は知っている。仮に東京にいたら、迅速に防ぐことができたかもしれない』

ひたすら自問自答していた。

『今日の予定は全てキャンセルだ。一刻も早く、貴子を捕まえなければならない。何せ4000万円もの金額を奪われたこととなる。冗談じゃない。俺の金だ』

駅前の銀行からタクシーで貴子のマンションに邦夫は向かった。

追跡

オートロックのマンションのインターフォンを押す。

しかし、反応はない。

管理人に聞く。

「すいません。兄ですが、妹の部屋がつながらないんですが？」

このあたりの邦夫のなりすましでの訪問はホスト時代に養っていた。

「うん？　本当にお兄さん、何か証明書ある？」

「勤め先の身分証明書でいいですか？」

沈黙があったのでさらに、

「親が違うので苗字は異なります」

言い足したら、

「1週間前に引っ越したみたいだよ。聞いてないの？」

との返事であった。

「えっ、そうなんですか。どちらに引っ越しをしたのか知りませんか」

ダメ元で尋ねる。

「オーナーさんに聞いてみれば？」

当たり前であるが、管理人からは、つれない返事であった。

『区役所に行って、委任状を偽造して、住民票から追うのか、いや、簡単には移してはいないだろう。仮に移していたとしてもそこで捕まえることはまず無理だろう。

誰かに依頼をするか。探偵？　友人？　そこまでのコストをかけたとしても確実ではない』

自問自答が続く。

もちろん、この間も電話やＬＩＮＥは継続しているが、一向に出る気配はない。

結論は一つ。

『夜の街を見張るしかないな。もちろん、自分では監視しきれないから、貴子が現れそうなお店の店長や店員にお願いをするしかないな』

何せ４０００万円の回収になることから、ここぞとばかりに、邦夫はお金をかけた。

今年の株式投資の利益を投げうってでも貴子に奪われたお金を取り返す必死さが、自身でもわかる。

貴子の消息を知るために、貴子が立ち寄りそうなキャバクラ、ショーパブ、ラウンジ、バー、さらには焼肉屋や寿司屋といったところを中心に1店舗3万円の謝礼を先払いし、気付けば、歌舞伎町、六本木、西麻布、銀座、青山と60店舗近くになり、既に200万円近くを費やしていた。

これは邦夫の株式投資のリターンからすると2ヵ月分にもなる。

お店だけに限らず、知り合いのホストやキャバクラ嬢、ヘルス嬢にも貴子の写真をスマホで片っ端から送り、同じ条件で目撃情報をお願いした。

さらには、ダメ押しとして、夜の街で連日遊び続けている信頼できる友人には、破格の条件として100万円の懸賞金を出した。

ここまでの包囲網をかければ、都内にいれば必ず、網にかかる。

邦夫は確信していた。

連絡

「邦夫さん、貴子さんの居場所がわかりました」

「自分の手下の包囲網にかかりました」

邦夫の信頼できる遊び仲間から連絡が入った。

「まじですか。さすがです」

「なかなか連絡がないから、ひょっとしたら都内、いや日本にいない可能性も考えたものですから」

「で、どちらに？」

と邦夫は聞く。

「六本木です。正確に言えば、来週、六本木のショーパブに来ます。その日がどうやら推しのバースデーらしく貸し切りに来ることがわかりました」

淡々と友人は答える。

『えっ！　そんな近くに来るのか。しかも、六本木か。今までで も、目撃があってもよさそうだった。

灯台下暗しだったか。結構、六本木にはヤマをかけていたが、貴子がもしも籠っていたら、目撃されることはないか』

考えている邦夫に対し友人は、

「邦夫さん、それでどうしますか？　一緒に行って、落とし前やら詰めましょうか。もしくは窃盗やら横領で警察に突き出しますか。

あと、ここまで来れば、時間を頂ければ、住まいやら今の生活状況も把握できます。裏で貴子さんを利用やら操っている奴がいるかもしれません」

と聞かれ、

「なるほど。手堅く自宅の場所も知っておくのもいいが、取り急ぎ、来週、会えるのが確実だから、そこでケリをつけるよ」

と答えた。

邦夫は貴子のしたたかさを知っている。

『何せ、貴子は罪を犯してはいない。警察沙汰にしても、自分のお金が取られたことにはなっていないのだから無理がある。あくまでも貴子の口座のお金であるから、自分が被害届を出すこともできない』

邦夫は次なる貴子の行動を考える。

『貴子もいきなり私がその場に来ることは想定していないと思うし、さすがにその場から逃亡することはできないだろう。しかし、自分一人では、万が一の事も想定し、人手は多い方がいいかもしれない』

邦夫は判断した。

「念のために同席だけお願いしようかな。貴子も一人で来店するわけではないと思うから。とりあえず、ここまでの今回の情報料と当日の手間賃として50万円ほどお渡しします」

電話を切った後に邦夫は、

『最悪の場合は、軍資金の２０００万円だけでも取り返さないといけない。さすがにまだ全額、使ってはいないよな』

と思う反面、

『そもそも自分の前から姿を消した理由を聞きたいし、ひょっとしたら何かの間違いであってすぐにお金は返してくれるのではないか』

という邦夫の淡い期待もあった。

強弁

そろそろショーが終わるタイミングだな。

貴子ならおそらくＶＩＰ用のエレベータを使用するから、その前で待ち伏せをするかな。

「貴子！」

いきなり現れた自分に驚くやら動揺をすると思ったが貴子は、

「邦夫。こんなところでどうしたの」

とまるで、何事もなかったような反応であった。

「どうもこうもじゃねえよ」

「連絡しても返事はないし」

「口座のお金は」

邦夫は怒濤のように口調を強める。

「えっ？　お金。

あれは私の口座のお金だよね。なんで出金するのに邦夫の許可がいるのよ。連絡？　別に付き合っているわけでも借金をしているわけでもないし、いちいち居場所をおしえなければいけないの？　ねえ、先生」

最後の貴子の言葉に邦夫は動揺した。

「えっ、先生？」

「あっ、邦夫は初めてだっけ。こちらは、私の事業でお世話になっている西山弁護士」

「西山です。邦夫さんのことは貴子さんからよく聞いております。昔からの知り合いだとか」

西山の登場は、何か、癇に障るというか、まるで、貴子が初めから私と会わせるために来させた対応だった。

「いや、弁護士というか先生とは関係のない話なんで。ちょっと貴子と二人で話し合いさせてもらってもいいですか。なあ、貴子」

と邦夫が言うと、

「私は別に話すことはないし、ましてやお金を返せとかの話だと、法的なこともあるから、西山先生も一緒の方がいいわ」

「うん？　そうなのか。じゃあ、端的に言うわ。

俺が貴子の証券口座に預けた２０００万円、そしてそのお金で買った私の指示で売買した株の利益で得たお金２０００万円、合計４０００万円を返してほしい」

少しの間をおいて、貴子は言う。

「邦夫、おかしなことを言うわね。何か、その証拠はあるの。しかも私が株で売買して儲けたお金をなんで邦夫にお金を返さないといけないのよ」

「えっ、証拠？　貴子に2000万円渡したよな。それで、俺の指示のもとで、株の売買をしたよな。儲かったことも口座の履歴も確認しているよ」

と邦夫が一気に言うと弁護士の西山が、

「邦夫さん、だから貴子さんの言うところの証拠ですよ。邦夫さんが、言うところの貴子さんに2000万円を渡したときに、何か貸し借りで公正証書を作成したとか。少なくとも邦夫さんの銀行口座から貴子の銀行口座に振り込みの履歴があったとか。何せ、20万とかでなく2000万円ですよ。

まさか、何もないのですか。誰が信じますかね。

さらには、口座を確認しているとか言っていますが、もしも貴子さんの証券口座に赤の他人の邦夫さんがログインしたとしたら、それは不正アクセスとして、本来アクセス権限を持たない第三者がお客様になりすまし、サービスを利用する行為として、電子計算機使用詐欺罪や不正アクセス禁止法など複数の罪に該当し、重い刑罰を課されますよ。実際に有罪判決を受け、懲役8年に処された例もあります」

邦夫は西山の指摘に茫然とし、一切の反論ができなかった。

『今思えば、贈与税の疑いがかからないよう、よかれと思って2000万円は振り込みではなく手渡しした。

そもそも自分の証券口座を使わない安全策がこのような事になるとは。

いや、それより、貴子はなぜ裏切った』

邦夫が心の中で葛藤をしていると貴子は言い放った。

「邦夫、もう用件はいいかしら。邦夫も私からの情報で少しは潤ったでしょう。私がその情報料として対価を受け取っても恨まないでね。

また、ゆっくり飲みましょう。それともまた、私から銘柄の情報が欲しいかしら」

勝ち誇った貴子の声が誰もいなくなったエントランスで響き渡っていた。

エピローグ　貴子

貴子は、完璧に邦夫を打ち砕いた。

4000万円近く、奪い取ったにも拘わらず、予想どおり、邦夫からは一切、連絡がなかった。

何か貴子の身に危険が及ぶことも全くといっていいほどなかった。

そもそも、今回の件は、邦夫の慢心もあったかもしれないが、お金を全て貴子の管理下に置いた時から勝負があった。

そもそも、貴子からすれば、邦夫からこれだけのお金を巻き上げることは、今更、信じてもらえないかもしれないが、最初から計画をしていたわけではなかった。

邦夫には出会ってからいろいろお世話になっているし、和泉沢に出資した2000万円も貴子の自己責任にも拘わらず、邦夫が返してくれたのだから、最初は純粋に邦夫に協力をしようと思っていた。

しかし邦夫は、貴子が身体を献上して得た銘柄の情報で、一切のお礼もなく、ひと稼ぎをしていたこと、そして和泉沢と貴子を抜きにして、金を稼いでいたとなると話は違ってくる。

おそらく、今回、最初に貴子の口座に入金した2000万円以上は稼いでいることから、見返りとして搾取しても邦夫のお財布には問題がない。

邦夫が貴子からのお金の無心を断ったにも拘わらず、キャバクラで、アルマンドの信号機やベルエポックを空けている姿を倶楽部R&Tに登録している女性から聞いている。

まさか、邦夫もキャバクラで同席した女性が、自分の倶楽部に登録していて、貴子と繋がっているとは思わなかっただろう。

ましてやその女性が鍵アカの邦夫のインスタのフォロワーになっているのだから、ヤリモクで、気軽に承認を許した邦夫も甘いとしか言いようがない。

邦夫のインスタのストーリーが、貴子にはダダ漏れであるのだから、邦夫がいつどこで散財しているのかが、貴子は全て把握していた。

実際に貴子が投資銀行からの情報で儲けた時には邦夫もほぼ同じタイミングでアルマンドのシルバーを空けている。

また、別日には、六本木でも噂になったシャンパンタワーをやっていたのが邦夫ということもインスタの投稿でわかった。

とにかく、邦夫の夜の街の散財ぶりの行動を貴子は全て捉えていた。

もちろん、邦夫が貴子を探しまくっているのも承知で、あの日あの時間に邦夫が現れることもわかっていた。

そして、邦夫がこれ以上、追及してこないことも、日々のインスタのストーリーの行動を見れば明白であった。

「貴子さん。倶楽部の件ですが、ネットですべて、完結の世界もいいですが、銀座でリアルの出会いの場も構築してみませんか。いい空き物件があります。居抜きでいけますし、私の知り合いに店主をやって頂くことも可能です」

西山は言う。

「悪くないわね。やはりネットに顔が常に出ていることに抵抗がある女性も多いし、男性陣からも写真や動画よりリアルで会いたい旨の対面のニーズを頂いているわ。居抜きなら設備投資も安く上がるし、何より銀座という場所がいいわ」

貴子は言う。

「バーカウンターにはシャンパンを並べましょう。受付と案内は女性陣の対応にはイケメン、男性陣対応に美女をスカウトして下さい」
底辺に落ちていた貴子は、銀座にお店を持つという喜びから、契約もしていないのに次々と指示を出す。

「引き続き、貴子さんの力になりますよ」

貴子と一線を越えている西山は即答した。

エピローグ　邦夫

『貴子にはしてやられた。貴子との2000万円は、金銭消費貸借契約書などを取り交わしているものではなく、裁判になっても勝ち目はないことは重々わかっている。しかし、稼ぎの分まで全てもっていかれるのは誤算であった。

いや、貴子の方が一枚も二枚も上手だったか。何せ、わざわざ弁護士をショーパブに連れて行っているのだから、自分が現れることも想定していたとしか思えない。

さらに誤算だったのは、貴子からの情報で自分が一儲けしていることまで把握していた。一体、どこからその情報を得たのか』

自問自答する。

『振り返れば、和泉沢への投資に650万円、貴子の肩代わりに2000万円、カレー屋の失敗に1400万円、バーの失敗に2500万円、そして、貴子に株式投資の種銭2000万円、トータル8550万円を失っている。ここまで失えば、笑うしかない。わずか、数年でなぜこれだけのお金を失うことになったのか。

全て、自己責任と言われればそれだけの話になるが。本当に自分が全て、悪いのか。俺を騙した奴はいないのか。俺を裏切った奴はいないのか。騙しや裏切りがあったならば、取り返したい。

このまま自分は破産するまで突き進むのか。いや、もうすぐ60歳だよ。そこで無一文になると惨めだな。

お金があるから、俺の周りに老若男女、近付いてくるし、自分とつるんでくれるし、夜の相手をしてくれる女性がいることもよくわかっている。

お金がなくなる人生は考えられない。お金が全てなんだよ。貴子も和泉沢もとにかくお金が欲しいんだよ。

誰が何と言おうと、世の中は金、金、金なんだよ』

邦夫はいつもの六本木のバーとはかけ離れた、ガード下の居酒屋の汚れたカウンターで一人、冷奴とウーロン杯を飲みながらつぶやく。

「こんな姿を見られたら、俺も終わりだな。何がカリスマだよ。やはり虚像だったな」

自虐的になっていると、

「金？　そりゃー俺もいくらでも欲しいよ。そしたら、美味しい肉を食べて、酒も好きなだけ飲めるわな。女も抱けるな」

隣の爺が豪快に下世話に反応する。

『今更、後戻りはできない。このまま終わってたまるか。絶対に這い上がる。見返してやるよ』

邦夫は和泉沢に次なる銘柄の掲載をテレグラムで指示した。

著者プロフィール

東条 駿介（とうじょう しゅんすけ）

現役サラリーマンながら株式投資と不動産投資で2億円を稼ぐ。

主な著書に「超お買い得になった株と不動産で1億円つくる！」（ダイヤモンド社）、「虚像の巨匠」（文芸社セレクション）がある。

虚像のカリスマ

2024年５月15日　初版第１刷発行

著　者　東条 駿介
発行者　瓜谷 綱延
発行所　株式会社文芸社
〒160-0022　東京都新宿区新宿１－10－１
電話　03-5369-3060（代表）
03-5369-2299（販売）

印刷所　株式会社暁印刷

ISBN978-4-286-25291-9